Autenticitet i Centru

Aldivan Torres

Autenticitet i Centrum

Författare: Aldivan Torres

Jag är: tredje delen

Aldivan Torres är en väletablerad författare inom flera genrer. Hittills har han titlar utgivna på nio språk. Från tidig ålder har han alltid älskat konsten att skriva efter att ha konsoliderat en professionell karriär från andra halvan av 2013. Han hoppas med sina skrifter kunna bidra till Pernambuco och den brasilianska kulturen och väcka läsglädjen hos dem som ännu inte har vanan. Dess uppdrag är att vinna var och en av sina läsares hjärtan. Förutom litteratur är hans huvudsakliga smak musik, resor, vänner, familj och nöjet att leva självt.

Autenticitet i Centrum

Museet

När de lämnar huset följer gruppen efter värden, som känner till staden väl och visar de andra de mer relevanta punkterna. De passerar stormarknader, klädaffärer, skoaffärer, närbutiker och en kyrka. Allt är nytt för dem, och hela tiden blir de mer förtrollade av arkitektur och människors rörelse och landskapet i allmänhet. Den vilda regionen är verkligen underbar.

Fyra kvarter senare, efter att ha slingrat sig omkring, kommer de fram till en av stadens viktigaste turistattraktioner. Det är det lokala museet, en enkel envåningsbyggnad, 15×6 m (femton meter lång och sex meter bred), tre trä- och glasdörrar, rustik stil som är typisk för kolonisationen och viktig till sin natur.

Utsikten är så underbar att de stannar kvar en stund och beundrar, människans fantastiska verk, som sticker ut för sin enkelhet, annorlunda än andra platser och platser i världen.

När de vaknar upp ur kontemplationen, en efter en, beger de sig till den öppna ingången. De går in i lokalen, som är ett enkelrum. Genom att gå från sida till sida lär de känna dess huvudattraktioner. Genast märks det att museet presenterar en stor samling av kulturella och sociohistoriska från de mest olika regionerna i staten, som betecknar kulturen, folklore, tro och livsstilen i vildmarken, vilket gör det till det näst största museet i den brasilianska vildmarkens historia. Bland de viktigaste komponenterna i samlingen finns föremål om viktiga personligheter som Antonio Vincent Mendes Maciel (även känd som Antonio rådman, den religiösa missionsledaren, som mördades för att ha konfronterat intressena hos tidens dominerande klass i regionen Canudos-Bahia, en viktig bok om ämnet är känd som "Os sertões" (Obygden) av den brasilianska journalisten och författaren Euclides da Cunha) Luiz Gonzaga do Nascimento (myten om den nordliga musiken, kung av "baião", känd och respekterad av sin konst över hela världen), Cicero Romão Batista (Känd som Fader Cicero, en viktig religiös symbol som exkommunicerades av sin kyrka på grund av kontroverser om ett förmodat mirakel. Men trots det finns det en stor religiös tro för hans person i hela regionen), Antonio Goncalves da Silva (känd som Patativa do Assaré, var en brasiliansk sångare, kompositör och poet. Framhävs av det faktum att man skriver poesi i den kanoniska stilen "inklusive klassiska sonetter" samt poesi i populär metrik och rim, som ett exempel, den norra tiondelen och sextioen. Han var verkligen genial), Zumbi av palmerna (svart ledare som kämpade mot slaveriet.

Hans dödsdatum, den tjugonde november, hålls i landet, som en dag för svart samvetsgrannhet), förutom andra artiklar om Canuckskriget, de brasilianska banditerna (cangaço) och kommunens historia, inklusive videor, föremål, artefakter, historiska bitar, dokumentärer och rapportering, som blir en viktig källa till forskning för skolprojekt och andra studier.

På en signal från befälhavaren stannar gruppen framför en bild. Med sina känsliga, skickliga och intelligenta händer rör han vid bildens yta och visar ett foto av en typisk man från obygden. Han blir känslosam för ett ögonblick och konstaterar:

"Ser du vänner? Denne man som jag just har berört dog i kampen för sina ideal i en tid av uppenbar ojämlikhet och orättvisa. Precis som andra misslyckades han, men lämnade ett viktigt arv till sina ättlingar, karaktären. Jag är också sådan, en krigare, och jag hoppas att jag den här gången kan förändra historien för detta lidande nordliga och brasilianska folk i allmänhet. Vi har kapacitet för det, tro mig!

" Jag tror också på det. Sedan jag lärde känna dig har jag förändrats från en frustrerad och föräldralös liten pojke till en ung man med hopp om framtiden. Detta har hänt för att du har visat mig vad som är en sann far, bror och medbrottsling. Jag tror det! (Renato)

"Så vackert! Renato, du är välsignad, ge mig en kram.

Seriens huvudpart kom samman och i en uppriktig omfamning överförde de positiva energier från den ena till den andra. Vid den tidpunkten förstod Renato att ingenting var omöjligt för dem, för varje ögonblick konsoliderar de sig själva som sanna mästare. Världen kunde vänta på dem eftersom framgången redan var garanterad.

I slutet av omfamningen återvänder de till sina platser innan bilden och samtalet kan fortsätta.

"Den här bilden påminner om både dåtid och nutid. Hur många nordbor måste fortfarande möta förtvivlan, hunger, orättvisor, girighet från eliten, brist på information och förföljare? Brasilien måste gå mycket längre framåt för att betraktas som ett rättvist land, säger Raphaelle Ferreira.

"Jag vet det, käre apostel. Av den anledningen betonade jag bilden. Har du händelsevis känt till denna verklighet? (Siaren)

"Lite för att jag kommer från en enkel familj. Jag är dock medveten om att ingenting kan jämföras med den stackars bondens kamp som kämpar dag efter dag, inför solen och farorna i obygdens caatinga. Till dem tar jag av mig hatten. (Raphaelle)

"Jag också. (Aldivan)

"Jag kan se på bilden hur öm den här personligheten är. Med sina fasta och väldefinierade drag är den typiska grova varelsen, stark men samtidigt mild. Titta, hans blick ljuger inte. (Bernadette Sousa)

Alla tittar. Det var verkligen en stor kontrast mellan hur det presenterades och ansiktet på fotot. Det är ett stort mysterium som är redo att avslöjas.

"Underbar!! Det är precis som det. Kan det vara så att den här bilden har någon kod? (Osmar)

"Som den i den amerikanska bästsäljaren? Jag tvivlar på det. (Robson Moura)

" Det är inte så mycket. Jag ser bara en människa. (Manoel)

" Det är möjligt. Med ordet är det så människan har dechiffrerat Guds kodex. (Rafael)

"Denne man från obygden presenterar livets kodex. Det speglar var och en av oss med våra förväntningar. För att dechiffrera det behöver vi bara titta in i oss själva. (Guds son)

"Ok. (Osmar)

"Mycket bra! Min skyddsling bulldozrar! (Uriel Ikiriri)

"Tack, partner - Återgäldade siaren.

" Jag vill gärna bli tolkad på samma sätt som på bilden. Skulle det vara möjligt, Guds son? (Lídio Flores)

"Visst. Din betydelse är större än den om bilden. Kom över. (Siaren)

Lídio tar några steg och är snart nära sin husse. Vad skulle hända? Vilka relevanta detaljer skulle framträda vid beröring? Det är vad vi kommer att upptäcka, för omedelbart sträcker siaren ut armen och rör vid sin panna.

"Lídio föddes och växte upp i en medelklassfamilj i staden Helig Caetano, i vildmarksregionen. Eftersom han var liten visade han sig vara intelligent och nyfiken, tillräckligt för att förstå att världen innehöll hemligheter utom räckhåll för dem som omgav honom. Han ville alltid ha mer. Han började skolan och höll fast vid samma hållning. Denna attityd gav beröm, avundsjuka och till och med beundran från människor.

På gymnasiet träffade han en lärare, som såg hans intresse och lärde honom de vetenskapliga teorierna om livet. På så sätt bidrar han till sin

andliga, sensoriska, mänskliga och vetenskapliga tillväxt.

När han var klar med gymnasiet anmälde han sig till en förberedande kurs som syftade till att komma in på universitetet, där han intensivt ägnade sig åt under ett år. Ansträngningen var mödan värd, för han klarade provet för att komma in på universitetet.

Han valde den biologiska fakulteten på grund av sin starka passion för livet i allmänhet. Samtidigt med fakulteten började han arbeta som säljare i en skoaffär, ett deltidsjobb som gjorde det möjligt för honom att studera, förbättra sig i sina studier och vara självständig, vilket kulminerade i att lämna sitt föräldrahem.

Under de följande fyra åren, mellan studier, arbete och fritid, blev han säker på sin mission. När han var klar med fakulteten lämnade han jobbet som säljare och efter många förfrågningar på arbetsmarknaden lyckades han hitta ett jobb i den höga vildmarken i Pernambuco, närmare bestämt i Petrolina.

Väl där tog han in på ett värdshus och började sitt jobb. Det som var tänkt att vara ett trevligt arbete, visade sig vara en riktig mardröm, på grund av hans teamchefs krav, bristen på struktur och de enorma utmaningarna inom det praktiska området.

Han mådde inte bra av att göra det han tyckte om. Besviken men beslutsam lämnade han jobbet och återvände till sitt hemland. På vägen möter han en man och hans grupp som lovade stöd, förståelse och kamratskap. Fanatiker eller inte, de var det sista hoppet om att hitta sig själv, hans inre "jag är" som skrek länge men inte hördes. Början på en ny berättelse med teamet i serien "spåkvinna".

Beröringen upphör när siaren tar bort sin hand från tjänarens panna. Under den korta tid de var i fysisk kontakt förstod han att där låg en av de större utmaningarna i hans karriär. Han skulle ha den utmanande uppgiften att indoktrinera och vägleda en person helt utifrån sunt förnuft. Någon som var så fäst vid sin övertygelse att den inte kunde se något annat bortom den. Det omöjliga kan dock bli möjligt med båda parters arbete och engagemang.

Gudssonen rufsar till sitt hår och kommer i en snabb mental analys fram till en slutsats och talar sedan igen med sin vän.

"Jag har sett djupet av ditt väsen, min käre Lídio. Men jag visste det redan. Från min sida garanterar jag en stor avskildhet till förmån för dina frågor. Allt du har levt är nu en del av ett förflutet som är viktigt men inte nödvändigt. Låt oss tänka framåt, du är en ny människa i mig och i Kristus Jesus, min mäktige broder. Kom, min son!

Guds son öppnar sina armar i riktning mot aposteln och med en signal kan vi säga att han öppnade sina armar för världen precis som fadern en dag hade gjort med honom. Känslosam närmade sig Lídio med säkra och bestämda steg och när han var inom räckhåll gav han sig helt och hållet åt den varelse vars intresse bara var ett: Hans högsta välfärd. De andra som ser scenen blir också känslosamma och, på en signal från siaren, närmar de sig också, och tillsammans producerar de en multipel omfamning. Föreningen av dessa varelser orsakade en blå och vit aura som favoritfärger för ärkeängeln Mikael, himlarnas krigarfurste. Betydelsen av hans namn: Vem är lik Gud? representerade storheten och garantin för skydd för de varelser som ständigt attackerades av de motsatta styrkorna till deras, som i äventyret i den första boken. Vad reserverade ödet för dem?

Sju minuter senare är omfamningen uppknäppt och sedan fortsätter de sin promenad i det intressanta museet. De ser fler bilder, viktiga artefakter och till och med tittar på en gammal film som talar om de ödmjukas uppror i det förflutna, vid tiden för det koloniala och kejserliga Brasilien. I nästa stund träffas de igen och tar farväl av platsen. När de går ut fylls de av en blandning av tacksamhet, förväntan och stolthet över att ha lärt sig så mycket om mannen från obygden och kulturen i allmänhet. De var privilegierade i ett land som fortfarande var elitistiskt.

Guidade av värden beger de sig till den centrala delen av staden. I en annan sekvens av korsningar och raka linjer kommer de fram till en taxistation, hyr två och när alla har installerat sig i fordonen ger de sig av, mot landsbygden. Ännu en överraskning väntar dem.

Från centrum tar de huvudgatan och i god hastighet börjar de korsa staden. Tiden är den mest lämpliga för en vändning i allas liv, och det var vad Lídio ville genom att introducera dem till en annan speciell plats i sin stad.

Om tio minuter tar de en grusväg som leder dem till en klättring i bergen framför dem. Vid en viss punkt kan bilarna inte gå längre och därför följer de leden till fots.

Precis som i en vanlig klättring kräver detta en heroisk insats från alla, och de svagare får artigt hjälp av de starkare. Ungefär trehundra meter efter att ha avslutat rutten ger änglarna, som känner av människornas svaghet, en extra hjälp för att nå toppen av berget.

På toppen vilar de och beundrar korset för att hedra fader Cicero och munken Damião, och det vilda landskapet med sina klippor, caatinga, heta sol, atlantiska skogar, damm och frisk luft. Kontrasten mellan färger och idéer, det är helt enkelt magiskt och omsluter alla.

På siarens begäran ber var och en tyst bön i enlighet med sin tro. Vid ett snabbt miljöombyte blir vädret molnigt och tunga mörka moln närmar sig förvånansvärt snabbt.

När de närmar sig, inifrån molnen, dyker tre välbeväpnade ryttare upp och skriker rakt på huvudet: Rättvisa! Och de pekar på apostlarna. Siaren darrar lite. Det var mörkrets makter som agerade utan nåd och ville förstöra hans verk. Det var då han samlade mod och tro, ställde sig framför sina vänner och skyddade dem och utropade:

"Lämna oss ifred! De är med mig nu. Ta hand om ditt eget företag.

"Morrade en demon. Och om de förråder dig?

"Jag behöver inte dina insinuationer. Jag har utvalt dem efter förtjänst, och jag litar helt och fullt på dem" svarade Guds son.

"Meriter, åh, åh. Vilka egenskaper har en depressiv kvinna, en abortör, en narkoman, en ufolog, en pedofil och en evolutionist fått? Få mig inte att skratta, dumma unge man! De förtjänar helvetet, och vi har kommit för att ta dem! (Uppgav samma demon)

"Du har inte den rätten, och om du avancerar längre kommer du att känna kraften från min mäktiga! (Hota Rafael)

"Jag säger samma sak! Låt oss ha mer respekt för Guds son. (Uriel)

"Jag har valt dem, och jag behöver inte ge någon förklaring till dekadenta andar! Du känner inte till min fars plan. (Guds son)

Den tredje demonen, som ännu inte hade talat, förbereder sig för att attackera, men hans avsikter upptäcktes i tid av ärkeänglarna. I ett snabbt anfall mobiliserar de mörkrets andar med ljusets krafter. I stället för att låta dem lida, förödmjukade de dem inför godhetens krafter.

De känner skärande smärtor, ber om nåd, och sedan förbarmar sig Aldivan över dem. På en given signal kastas de ut i det yttre mörkret, varifrån de bara skulle ge sig av med samtycke. Människorna var i säkerhet.

De mörka molnen försvinner och sedan blir himlen klarblå igen. De andra, som har följt handlingen, knäböjer vid sin herres fötter. Men han får upp dem och börjar tillsammans klättra nerför berget. Siaren har just bevisat sin kärlek till sina vänner genom att riskera sitt liv för att skydda dem. Han skulle göra det så många gånger som behövdes, för kärleken han kände för dem var omätlig.

När man klättrar nerför berget är känslan av lättnad, frid och samhörighet. De har undkommit en stor röra tack vare änglarna, och det minsta de är skyldiga dem är tacksamhet. Tack vare Uriel och Rafael kunde de fortsätta sitt sökande utan rädsla eller misstro. Allt gick bra.

En stund senare är de klara med nedstigningen och när de kommer till bilarna sätter de sig i bilen och ger sig av igen. Nästa destination skulle vara cirka sjutton kilometer från staden, cirka trettio minuter på grund av grusvägens dåliga skick.

På en resa utan större incidenter passerar de viktiga punkter, medan värden förklarade vikten av att var och en fungerar som en turistguide, övervinner kurvor, stenar och brist på signalering. Medan de går fram bredvid brasiliansk savann pratar, leker och beundrar de regionens majestätiska plats, välsignad av gudarna.

Vid exakt den beräknade tidpunkten befann de sig framför naturens fenomen. Det var hund stenen, som kan definieras som en bergskedja, med en topp formad som en hund, omgiven av en vidsträckt slätt full av vegetation (en blandning av caatinga och atlantiska skogar) och naturliga olyckor, med en klarvattensjö i närheten. Denna bergskedja är den näst högsta i delstaten och tillhör det privata reservatet i delstaten Pernambucos naturliga arv, som ges av den statliga myndigheten för miljö och vattenresurser.

Bilarna parkerar nedanför berget. Därifrån går rutten till fots och gruppen åtföljs artigt av en av förarna, som heter Aluízio Cortez. Den andra tog hand om bilarna. Det känns som i det första berget, där allt började, och siaren och hans värderade vänner avancerar gradvis uppför bergssluttningen.

Klockan är halv tre på eftermiddagen och värmen verkar ha lagt sig lite. När de klättrar upp, går ärkeänglarna och guiderna i förväg och leder de andra elementen, som fortfarande var oerfarna.

Upplevelsen är fantastisk och vid varje steg som togs kände de sig som riktiga vinnare. Klättringen var en travesti, som användes för att undervisa och träna dem på samma gång. Precis som i livet skulle de bara känna sig fulländade när de nådde toppen, och experten ville betona medlen och sätten att göra det på.

Vid en kvarts väg tas en liten paus. Besökarna tar chansen att ta något att dricka och att peppa varandra. Den branta stigningen var en utmaning.

Men det värsta skulle komma eller det bästa, beroende på var och ens äventyrslust.

De fortsätter att avancera. Det finns ytterligare två smala kurvor framför oss. I set om tre och klamrar sig fast vid andra vågar de rädslan för höjder och sin osäkerhet. I det här skedet blickar Guds son nedåt, och det som tidigare var fruktan blir till lättnad över att ha kommit så långt. Han var glad för sin egen och de andras skull.

Längre fram blir vägen bredare och lite flackare. I slutet av den har halva vägen avverkats och redan hade det gått en timme sedan de gav sig iväg. Det var kvar halva sträckan som lovade att bli knepig.

Prognosen blir verklighet. När de går framåt smalnar stigen av på ett sådant sätt att bara en i taget kan passera. Tre fjärdedelar av rutten har tillryggalagts, och strax framför dem måste de möta den ökända ravinen av hund sten. Adrenalinet pumpar!

Som tur var hade Lídio med sig rep, som är till stor hjälp under klättringen. Medan en drog framför, höll en annan bakom. På så sätt fortsatte de att undvika svårigheterna. Trettio minuter senare går den sista igenom, och de når toppen.

Efter ett snabbt intrång för att lära känna lokalbefolkningen börjar de slå upp två tält eftersom natten närmade sig. På grund av avståndet måste de övernatta på denna ogästvänliga plats. Situationen gladde alla eftersom det var fördelaktigt att komma ur rutinen och få möjlighet att knyta band mellan sig.

Med allas engagemang sätts tälten upp i tid. Som en försiktighetsåtgärd håller de sig inomhus för att undvika kyla och de giftiga djur som kan dyka upp.

Under en stor del av kvällen utbyter elementen, som är uppdelade i tempus, åsikter om de mest skilda ämnen. De diskuterar orsaken till själva uppdraget, religiösa ämnen, ekonomiska aspekter, planer, nyheter i allmänhet, politik och samhälle. Vid en viss punkt måste ficklamporna stängas av för att spara energi och alternativet som återstår är att försöka sova i turistparadiset. Gud välsigne dem!

Omgivna av tjut och oväsen, men med änglarnas beskydd som vakade, tillbringar de natten. Medan vissa har en lugn vila, har andra inre mardrömmar eller oro.

En viktig händelse, som inträffade under natten, var att siaren mystiskt lämnade sitt tält exakt vid midnatt. Han stannade och betraktade himlen, där en stjärna lyste i hans riktning.

Efter att ha läst en hemlig bön kontaktade han varelsen som bodde i stjärnan, på ett sätt som gjorde en inventering mellan honom och fadern.

"Aldivan, Aldivan, min son, fortsätt att ta hand om mina får! (Ljusets väsen)

"Jag ska göra det, far! Hittills har allt gått som planerat. Jag har redan samlat sex apostlar och tillsammans med mina kompanjoner kommer vi att ta dem till den bestämda platsen och endast där kommer jag att uppenbara mig för världen. (Guds son)

"Var försiktig! Förbli orubblig i din övertygelse och din tro. Jag kommer att ställa en person i din väg och den personen kommer att röra vid ditt hjärta. I just detta ögonblick kommer din själ att lysa. (Ljusets väsen)

"Jag? Jag har förblivit stängd för världen, och Herren vet varför. (Guds son)

"Jag vet om allt, och jag förstår dig. Vi är en och endast en. Men när den här personen bryter ditt skydd kommer du helt klart att hitta dig själv. Ert "Jag är" kommer att vakna upp vid rätt tidpunkt. (Informerade ljusets varelse)

"Jag önskar det! På så sätt kan jag vägleda de andra i deras egna inre frågor. Det är mitt nuvarande uppdrag.

"Det står skrivet! Ödet och min nåd kommer alltid att vara med dig. Återvänd nu till tältet och sov. Din kropp behöver vila och imorgon kommer också att vara en tröttsam dag. (Ljusets väsen)

"Det är okej. Jag ber om ditt beskydd och din välsignelse, min fader, andarnas herre. (Aldivan)

"Välsignad är du medfött för att du är en så god och beslutsam son. Gå nu i frid. Jag kommer alltid att vara med dig, varje dag i ditt liv. (Jahve)

"Amen! (Guds son)

Stjärnan försvinner mot det oändliga. Aldivan återvänder snabbt till djurhemmet så att han kan vila lite. Innan han går in ser han sig omkring och känner sig lättad, och märker att han inte har blivit sedd. Kommunikationen med fadern var något begränsande och ingen annan människa än han själv kunde få tillgång till den eftersom de inte var redo. Gud Jahve hade oändligt ljus, och en normal människa skulle dö före det.

Han tassar på tå in i tältet och lägger sig bredvid sin lojala partner Renato, som låg och sov. Nu återstod bara att vänta till gryningen för att arbetet skulle kunna återupptas. Alltid i framkant!

Starta om

En ny dag börjar. En efter en vaknar våra vänner och samlas och leder hundens sten. Raphael och Uriel får i uppdrag att jaga efter mat i området eftersom de lätt kan förflytta sig långa sträckor. Från toppen beger de sig till nästa bergskedja, där de hittar vatten och olika sorters frukt. Efter att ha samlat ihop tillräckligt för frukost flyger de tillbaka till föregående plats för att träffa sina vänner. När de kommer tillbaka finner de alla vakna.

Omedelbart uppstår en konversation när han delar maten mellan dem och medan de matar kroppen.

"Vad är nästa destination, min vän Lídio? (Raphaelle Ferreira)

" Det här är den sista platsen som jag anser vara viktig i stan. Men jag står till ert förfogande. (Lídio Flores)

"Härifrån återvänder vi till stan. Vi har fortfarande många platser att besöka. Håller du inte med, Rafael? (Siaren)

" Ja, det är det. Det finns fortfarande olika städer kvar tills vi når berättelsens höjdpunkt. (Rafael)

"Hur kommer det sig? Mötet med "jag är"? (Lídio Flores)

"Ingenting är definierat ännu, människa. Det är upp till var och en av oss att fortsätta att uppfylla vår del och konstruktiva överraskningar kommer säkert att dyka upp i slutet av vägen", förklarade Raphael

" Väldigt bra. Jag väntar. (Lídio)

"Hur har din upplevelse varit hittills? (Guds son)

"När jag träffade dig levde jag, som alla vet, en fruktansvärd privat tid. Mötet och äventyren hittills har hjälpt mig att ta itu med mina problem och ha hopp om att bli bättre", vittnade Raphaelle Ferreira

" Jag blev avvisad av samhället och min familj för att jag hade blivit gravid och gjort abort. Även om det inte var mitt fel, fördömde outtröttliga röster mig. Aldivan och hans vänner var de enda som trodde på mig. Därför gav jag mig själv kropp och själ till detta äventyr och vid varje upptäckt lär jag mig mer om vår fader och universum – berättade Bernadette Sousa

"Jag anklagades för korruption bland materiella och minderåriga. Jag förlorade en befälspost och jag svarar fortfarande på rättsliga processer. Jag har felat, ja, men vem kan döma mig? I stället för att komma nära för att hjälpa mig, flyttade de som jag betraktade som vänner bort och fördömde. Jag hade tappat allt hopp tills jag träffade Aldivan igen, min före detta arbetskollega, och tillsammans med hans vänner upplever jag nya upplevelser. (Osmar)

"Jag togs emot vid en tidpunkt då jag inte förväntade mig något mer av livet. Och vem omfamnade mig och räckte ut sin hand? Den unge mannen som jag för några år sedan försökte överfalla. Denna gest fick mig att återigen tro på en högre kraft, på mig själv och livet självt. När det gäller resan överträffar den mina förväntningar. (Manoel Pereira)

"Trots att du har studerat universum visar du mig en ny sida av livet, av gud och mig. Därför tackar jag för den uppmärksamhet som hittills har ägnats åt boken. (Robson Moura)

"Jag har följt dig från början, och jag måste erkänna att varje episod överraskar mig. Livet är verkligen underbart, och framgången är garanterad eftersom vi förtjänar den. (Renato)

"Jag föddes för miljarder år sedan, men inget är så överraskande som livet med dig. (Uriel)

"Arméernas herre stöder dig i dina önskningar, och vi är här för att garantera hans vilja", sade Rafael

"Utmärkt! Jag tackar allas deltagande. Jag lär mig också mycket av allt detta. Efter att ha lyssnat till dem, vad säger du, käre Lídio Flores, vill du bli min apostel? (Guds son)

"Jag vill försöka. Motsättningen mellan idéer och samexistensen med människor som är så olika utifrån en gemensam axel är verkligen ovanlig", svarade han.

" Väldigt bra. Välkomna till gruppen. Vi är bröder i Jahve, i Kristus och i mig. Var lugn. (Siaren)

"Tack. (Lídio Flores)

"Du är fantastisk. Jag älskar det. (Aluízio Cortez)

Efter detta blir det en paus i samtalet. Artigt och under tystnad fortsätter de att äta frukosten. När det är över monteras tälten ner och de börjar sin väg tillbaka. Sagan fortsätter.

På vägen ner passerar de igen genom stenen i hundravinen, där bara en i taget kan passera. Precis som första gången är känsloregistret intensivt och kräver en heroisk insats. Men allt var värt besväret, och de skulle för evigt bevara minnena av denna magiska tid i sina hjärtan.

Efter att ha korsat ravinen följer de den fortfarande smala stigen och fortsätter att gå långsamt och försiktigt. Från den plats där de befann sig kunde de beundra dalen, slätten och platån med alla dess bergskedjor, förutom själva sjön som låg mycket nära. Miljön var verkligen inspirerande och drev dem att fortsätta den svåra överfarten.

Snart måste de möta fler hinder och den naturliga trötthet som orsakas av de ansträngningar som gjorts. Med ytterligare några steg når de halvvägs. Från det att de gav sig av, fram till det exakta ögonblicket, har det gått fyrtio minuter.

Den andra delen av rutten börjar. I samma stämning och beslutsamhet som visades i den första delen fortsätter våra speciella vänner att klättra nerför det branta och farliga berget. För varje meter de gick kände de sig glada och belönade. Vad fick dem att känna så här? Hopp, löftet om ett bättre liv, nyfikenheten, problemen och en speciell varelse som kallas Guds son eller siare och som uppmuntrade och förstod dem fullständigt. Allt pekade på en lösning av idéer som skulle förverkligas vid en viss tidpunkt, "Guds tid" och inte människornas.

En stund senare gör de ett stopp på exakt tre fjärdedelar av vägen. De passar på att ta några drinkar och ha ett snabbt möte. Det bestämdes att gruppen skulle gå nästa steg, och efter att de har vilat återupptas vandringen.

Resten av vandringen avslutas lugnt, trots de många hinder som man möter. De kommer fram till botten, går några steg och sätter sig slutligen i bilarna. När allt är klart beger de sig mot staden där sagan ska fortsätta.

Det tog ungefär trettio minuter på en osäker väg, med värme, damm och låg ventilation, trångt och till och med ensamheten för många för att ha varit hemifrån så länge. Där har var och en historia, ett ursprung och koncept och värderingar som alltid följer med dem. Det var upp till den högste ledaren, siaren, att försona allas önskningar och känslor för att göra dem lyckliga.

De anländer till stadsområdet Helig Caetano och ger vägbeskrivningar till chaufförerna på Lídio bostadsadress. Tio minuter senare är de framme vid destinationen. Säg adjö, betala biljetten och gå ut ur bilarna. Några steg och de står framför dörren, och sedan tar Lídio fram nyckeln som han omsorgsfullt förvarar i innerfickan på sin skjorta.

Han provar den på låset, och den vänder sig om och öppnar vägen för dem. De går in.

Inne är det första de gör att gå på toaletten, en efter en ta ett bad. När den sista är klar tar de en paus, för äventyret på hundens sten hade varit ansträngande. Senare träffas de, packar ihop och ger sig ut igen. Målet var nu busstationen, där de tog en buss till nästa stad.

Teamets element utstrålar gott humör och sinnesfrid och korsar gator, avenyer och torg med normal trafik. På vägen möter de andra människor och sig själva i det stora livshjulet "Jag är", titeln på den här sagan. Det är den smalaste och svåraste vägen en människa kan gå, och oförutsägbar också. Allt vände sig kring siaren, en välsignad varelse, som hade lovat hängivenhet och förståelse för apostlarnas sak, som klassificerades som avgörande. Vad hade en deprimerad kvinna, en abortmotståndare, en pedofil, en astronom, en evolutionist och en narkoman gemensamt? Vi kan säga att tron var den kraft som drev dem och fick dem att tro på bättre tider.

Det var med denna attityd som de anlände till busstationens terminal, femton minuter efter att de lämnat Lídio hem. En av dem går för att köpa biljetterna på biljettkontoret, och när han kommer tillbaka ansluter han sig till de andra som sitter i den stora väntsalen. Han sätter sig också ner och väntar på bussen. Tills transporten anländer tar de tillfället i akt att prata och blir därmed vän med andra passagerare. Och på så sätt går tiden fort.

När de minst anar det kommer bussen, de ställer sig i kö i ankomstordning och sätter sig i fordonet. De sätter sig på de tomma sätena och ger sig snart av. Mot Caruaru, betraktad som huvudstaden i vildmark Pernambuco.

Tjugoen kilometer var avståndet till Caruaru, den berömda huvudstaden i vildmarken och forró (en brasiliansk dans). Beläget i mesoregionen i vildmark och mikroregionen i Ipojuca dal, med en yta på 920 611 kvadratkilometer och en ungefärlig befolkning på 350 000 invånare. Dess HDI är 0,677 och ligger på elfte plats i delstaten. En betydande stad i regionala termer.

Under resans beräknade tid på tjugotre minuter råder tystnad i teamet. Som det gamla ordspråket säger, deras tid för allt och vila och lyssnande var dominerande på den tiden.

När det gäller problemen eller tillfälligheterna har ingenting av större betydelse hänt, bara skrämseltaktik som övervunnits. Allt tycktes peka på att Gud Jahve beskyddade dem som barn, för ingenting kunde påverka eller hindra dem i deras strävan efter sina mål. Detta faktum förstärkte ännu mer idén om tron på Aldivan gudomliga ursprung.

Äntligen är resan över. De stiger av vid busstationen, hyr omedelbart två taxibilar som tar dem och bagaget till närmaste hotell. Det skulle vara ytterligare tjugo minuter framför trafiken tills man kom fram till nämnda hotell, Dolda paradiset. De kliver av bilarna, några hjälper de andra, betalar biljetten och går till entrédörren. Klockan var exakt tio när de kommer in på huvudområdet och går till receptionen för att registrera sig. Trettio minuter senare, när de är klara med pappersarbetet, kommer de överens om något mellan dem och två i taget får rumsnycklarna. Där bosätter de sig och bekantar sig med miljön.

En timme senare möts de igen. Den här gången, i matsalen, på bottenvåningen, ställer vi oss i självbetjäningskön. De lägger lite av varje och fyller girigt tallrikarna. Sedan när har de ätit en ordentlig måltid? Det är nödvändigt att dra nytta av dessa stunder och tillfredsställa kroppens behov.

När alla är serverade sitter de runt två bord. Medan de äter startar naturligtvis ett samtal.

"Vad är nästa steg, mina vänner? (Lídio Flores)

" Vi ska ta det lugnt och lära känna staden. Tärningarna var kastade", förklarade Guds son.

"Okej. Jag kommer att ha tålamod. Observerade Lídio.

" Lika bra. Det är en dygd som måste utövas. (Siaren)

" Jag är förväntansfull. Jag har aldrig varit här och vad jag förstår är den här platsen helt annorlunda än min. (Bernadette Sousa)

" Ja, det är det. Det är mänskligt. Jämfört med din by är den här staden en betongdjungel där våld, falskhet och avstånd mellan människor är vanligt. Detta finns överallt, men i små städer och byar är andelen mindre. (Raphael Potester)

" Jag förstår det. (Bernadette Sousa)

"Av den anledningen föredrar jag den friska luften och lugnet på landsbygden. Jag kommer inte att byta ut det mot någonting. (Siaren)

" Jag är av samma åsikt. (Renato)

"Sanharó är också tyst, men jag vet lite om den här platsen. Kontrasten mellan de två distinkta verkligheterna är tilltalande för mig. (Osmar)

"Min stad är på samma nivå. Tacaimbó är ett paradis. (Robson Moura)

"Helig Caetano är dock en medelstor stad. Till och med när det gäller våld. (Lídio Flores)

"Arcoverde, men det är mer som Caruaru. (Raphaelle Ferreira)

"Vacker trädgård också. (Manoel Pereira)

"Självständigt, vare sig det är stad eller landsbygd, måste vi leva, upptäcka och vara lyckliga. I slutändan är det faktiskt detta som är det viktiga. (Siaren)

" Det här är verkligen en avgörande punkt. Ni har allt mitt stöd och skydd. (Uriel)

"Tack, ärade ärkeängel. (Guds son)

"Till ditt förfogande. (Uriel)

"Lycka! Jag vet inte vad det är eftersom min pojkvän lämnade mig. Förstår du det, mästare? (Frågar Raphaelle Ferreira)

" Utan tvekan. Jag är det levande beviset på att det alltid är möjligt att återfödas. Jag har redan blivit ignorerad, föraktad, förvirrad och avvisad av människor. Ändå misströstade jag inte inför vart och ett av de bedrägerier i mitt liv som orsakade skärande smärtor. Tvärtom fortsatte jag med huvudet högt. Det är detta som jag vill att du ska lära dig: "Fenixens essens. (Aldivan)

"Jag skulle väldigt gärna vilja vara som du. Men jag fäster mig vid människor på ett sådant sätt att det inte är lätt att glömma. (Raphaelle Ferreira)

"Detta har att göra med din personlighet och din historiska depression. Men vid en viss punkt måste du göra ett definitivt val och jag är här för att hjälpa dig. (Siaren)

"Tack. (Raphaelle)

" Jag har redan varit lycklig, eller jag trodde det i alla fall. Efter våldet jag har utsatts för är allt upp och ner. (Bernadette Sousa)

"Allt som händer oss i livet har flera synvinklar. Det som till en början kan tyckas vara en katastrof kan tjäna till mänsklig, kulturell och andlig mognad. (Siaren)

"Menar du att det var bra att jag blev våldtagen? (Bernadette Sousa förvånad)

"Jag menar att den här handlingen tjänade till att du skulle hitta dina värderingar igen och förstå vem som absolut älskar dig. (Guds son)

" Det håller jag med om. (Bernadette)

"Nu återstår det bara att gå vidare. (Siaren)

"Jag har aldrig varit lycklig. Jag hade lyckliga stunder, men jag förföljdes alltid av mina inre djuriska begär och av min andliga budbärare. Resultat: Det slutade med att jag misslyckades i livet. (Osmar)

"Ingenting är bestämt, min vän. Titta på mitt exempel: Jag var arbetskollega och på den tiden hade jag inte ens en dator för att skriva mina verk. Idag har jag en bra sådan, en fördelaktig position på arbetsmarknaden, kollegor och vänner som stöttar mig. Kort sagt, jag har mina problem, men de skiljer sig från de tidigare. Det viktiga är att aldrig ge upp våra drömmar? (Guds son)

" Ja, det är ett inspirerande exempel och när vi träffades igen kände jag en krigarsjäl och samma ömhet hos den unge mannen sedan många år tillbaka. Vad skönt det är att ha dig som pappa, bror, expert och framför allt vänner. (Osmar)

"I mig kommer varken du eller de andra att bli förvirrade. (Siaren)

"Jag har levt lugn, fattigdomen, tvånget och synden. Mitt största ögonblick av lycka var att ha fått förlåtelse för vad jag har gjort mot dig, Guds son, detta har inget namn. Jag kommer aldrig att leva tillräckligt länge för att tillbe och förhärliga dig. (Manoel Pereira)

"Jag har bara återgäldat lite av vad universum gjorde av mig. Från att ha varit en enkel drömmare blev jag segerrik tack vare andens handlande och precis som jag blev förlåten och accepterad, agerar jag på samma sätt med de andra. (Siaren)

"Jag lovar att ge mig in i det här äventyret och med det jag lär mig bli en bättre människa. (Manoel Pereira)

"Mycket bra. Fortsätt så, bror. (Siaren)

"Du och dina änglar har förverkligat en av mina stora drömmar. Även om inget annat händer så är det redan värt det jag har levt hittills. (Robson Moura)

"Det finns fortfarande vatten att passera under den där bron, bror. Låt oss vänta på vad som händer härnäst. (Siaren)

"Meningsskiljaktigheterna ledde till mötet, och jag är här i en ny fas i livet. Tack, min Kristus! (Lídio Flores)

"Pappa skriver rakt på sneda linjer. Jag är otroligt glad över att ha dig vid min sida. (Siaren)

"Och jag är här tillsammans med dig i denna femte saga. Det är överflödigt att säga att jag älskar dig, eller hur? (Renato)

"Jag älskar också. Du var den första personen utanför min umgängeskrets som påkallade min uppmärksamhet. Jag har valt dig till min högra arm i den här serien och det kommer alltid att förbli så när vi är i form. (Siaren)

"Amen. (Renato)

"Ser du, Guds son? Vi har knappt kommit halvvägs och ni har redan rört vid dessa människors lidande hjärtan. Med alla dina egenskaper förtjänar du titeln Guds son. (Rafael)

"Jag är bara vad jag är, "Jag är". (Siaren)

"Och med ödmjukhet har du erövrat mitt hjärta och världarnas enda. (Uriel)

"Maktub! (Siaren)

Samtalet fortsätter en stund till. När de har ätit klart har de ett snabbt möte och bestämmer sig för det första stället de ska besöka. Omedelbart ger de sig av och går ut på gatan. Tiden pressar.

Inför vissa svårigheter för att inte vara vana vid intensiv rörelse i storstaden, går våra uppskattade personligheter längs avenyer, gator och gränder. Efter att ha korsat hindren och ibland gått rakt fram, guidade av några lokalbor kommer de fram till en busshållplats. Destinationen var parken Arton maj.

De väntar en stund. Sju minuter senare gick gruppen ombord på bussen på denna sträcka. Vissa sitter på sätets andra står på grund av mängden människor i bussen, som transporterar en varierad etnisk, politisk, religiös och rasmässig blandning, som representerar massan av människor, som tillhör den låga klassen. Sedan startade resan om.

Genom fönstret tar våra vänner tillfället i akt att beundra stadslandskapet som består av byggnader, offentliga och kommersiella anläggningar, torg, människor och många bilar.

Efter en sekvens av stadsdelar och hållplatser kommer de nära destinationen. Även om detta faktum inte minskade ångesten, gav det en viss lättnad inför de utmaningar som man stod inför under dagen. Vad väntade dem? Visst skulle det finnas upplysande och unika upplevelser, som skulle hjälpa deras personliga tillväxt. Det var i alla fall allas gemensamma mål, som gav sig själva med kropp och själ på en resa utan motstycke. En resa oväntad och avslöjande ledd av Guds son personligen.

På tal om Guds son, han har just gett sin plats till en gammal dam och ställer sig i mitten av fordonet, vänd mot tramp, ryck, med fordonets rörelser, stötar och brist på uppförande och hygien från människorna bredvid honom. Med den dämpade värmen som orsakas av bristen på ventilation tror han att han ska svimma, men lyckas behärska sig. I det här ögonblicket minns han svunna och nutida tider, då han redan hade färdats bak på lastbilar, kombis och husvagnar. Jämfört med vad han hade genomlidit är den nuvarande utmaningen lätt att stå ut med. Bussen passerar den näst sista hållplatsen. Det återstod nu ettusen femhundra meter till parken. Transporten har redan tömts lite och Aldivan och några andra sätter sig ner igen.

I god hastighet, på några sekunder, stiger de av vid nämnda hållplats. Teamet i serien " spåkvinna" och de flesta klättrar ner dit för det var huvudstoppet. Parken arton maj var stadens ekonomiska centrum där den fria marknaden, loppmarknaden, artefaktmarknaden och importmarknaden låg.

Från den plats där de steg av börjar de gå på den enorma platsen, som omfattade en total yta på 40 000 kvadratmeter. De går till slaktaren, mjölkmarknaden, till badrummet för att tillfredsställa sina behov, till den fria marknaden där man kan köpa frukt och grönsaker. Inne i densamma passerar de genom bytesavdelningen, fågelmarknaden, blommor, krukor och stekpannor, skor, kläder, rötter och örter, äter ett mellanmål i en kiosk och de kommer till loppmarknaden.

Två timmar har gått sedan de kom dit, och när de kommer in på marknaden är det något som påkallar deras uppmärksamhet: En kvinna står mitt på marknaden och talar till en uppmärksam publik, diskuterar sexualitet och omsorgen kring det. På en signal från siaren kommer de närmare, och experten sticker ut från folkmassan och berikar klassen. Diana Kollins, en engelsk kvinna naturaliserad brasilianska blir imponerad av så mycket kunskap och när talet är slut kommer hon och letar efter dem.

De befinner sig på en lugn plats där de kan tala i lugn och ro.

"Vad heter du? (Renato)

"Mitt namn är Diana Kollins, jag är sexolog och engelsklärare. Och vem är du?

"Jag är Renato, gymnasieelev, författarassistent.

"Mitt namn är Aldivan Torres, men jag är också känd som Guds son, siaren eller gudomlig. Med matematik som huvudämne övar jag på funktionerna som författare, pjäsförfattare, poet, översättare och tjänsteman. Som författare är jag författare till de viktiga serierna "Siaren" och "Ljusets söner".

"Mitt namn är Raphaelle Ferreira, student, från Arcoverde och jag är här för att försöka bli botad från depression.

"Bernadette Sousa, jag kommer från byn Mimoso, kommunal tjänsteman. Jag är här för att återhämta mig från en allvarlig smäll i min familjestruktur.

"Jag är Osmar, före detta tjänsteman från Sanharó kommun. Mitt mål är att nå ett nytt skede i mitt liv.

"Manoel Pereira, från staden Vacker trädgård. Jag har inga kvalifikationer, för jag har alltid levt på andras bekostnad. Jag har dock för avsikt att ändra på detta faktum.

"Jag heter Robson Moura, jag är astrolog och ufolog, född i det välkomnande Tacaimbó.

"Lídio Flores, jag har ett huvudämne i biovetenskap och specialiserar mig på evolution, och bor för närvarande i Helig Caetano.

"Raphael Potester, överlägsen ärkeängel från himmelriket.

"Uriel Ikiriri, skyddsängel och specifik mentor för siaren.

"Häftigt! Ingen orsak. Ni är en otrolig grupp. (Diana Kollins)

" Jag följde med i en del av talet och tycker väldigt mycket om det. Betyder det att du är expert på sexualitet? (Siaren)

" Ja, jag har studerat det och jag försöker hjälpa mina landsmän på något sätt. Dock kan jag inte riktigt allt, jag lär mig hela tiden nya saker.

Därför tyckte jag mycket om er interaktion vid talet. (Diana)

"Tack. Vi är nya i stan, och vi vill besöka några platser. Kan du följa med oss? (Siaren)

Diana analyserar förslaget noga. Trots att hon var en fruktansvärt upptagen kvinna var det första gången som hon kände sig bekväm och attraherad av så distinkta personer. Även om hon var främlingar kände hon förtroende för dem inombords och den dagen skulle hon inte arbeta längre. Sedan bestämmer hon sig.

" Väldigt bra. Vilket ställe vill du veta av i stan?

"Jag skulle vilja se mäster Vitalino verk. Och du? (Frågade Renato)

" Det är en bra fråga. Håller ni med, killar? (Siaren)

Den andre nickar bekräftande. Detta visar på den utmärkta bindning och empati som utvecklades under tiden. De var flera hjärtan sammanlänkade i ett.

" Väldigt bra. Mäster Vitalino hemmuseum ligger extremt nära min bostad, om Alto Moura. Jag passar på och bjuder dig på te hemma hos mig. (Diana Kollins)

"Håller med. (Siaren)

"Låt oss gå då. (Diana)

Gruppen går vidare. Från där de befann sig tog de sig till utsidan av parken. Eftersom platsen är massiv och upptagen tar det dem cirka trettio minuter att komma dit. De väntar en stund tills transporten kommer.

Tjugo minuter senare kommer en buss, de går ombord på den och sätter sig på de tomma sätena. Bussen startar om. Medan de går genom stadens livligt trafikerade gator, gränder och avenyer, har apostlarna tillräckligt med tid att reflektera över allt som har hänt fram till att planera nästa steg nu och i hemlighet. Vad väntade dem? På vilket sätt skulle deras särskiljande syfte övervägas? Och vad ska man göra efteråt? Allt detta var ett stort inkognito, för stort för Pernambucos vildmark-centrum exakt klockan 15.30 på eftermiddagen. En sak är de säkra på: Vägen de följde var ohjälpligt avgörande i deras liv.

Och hur var det med Aldivan, HERRENS son? Han satt på ett av framsätena, bredvid Renato, och förblev tyst under rutten, som vid den tiden var halvvägs. Folk kommer in och ut ur bilen, och han fortsätter oberörd. Det är på något sätt så han var. Han var inåtvänd och visste den rätta tiden för allt som blev följden av hans förening med fadern. Och hans storhet låg i de rätta valen. Han var bara rädd för en sak: Att svika sig själv, som det har hänt en gång tidigare.

Bussen avancerar, gör andra hållplatser och passerar ruttens tre fjärdedelar. För varje tillryggalagd meter växer oron och spänningen bland våra vänner. Alto da Moura är viktigt för den lokala, regionala och nationella kulturen. Lerhantverket som representeras av figurer som Mäster Vitalino, hans söner, Mäster Galdino och Manoel Eudocio betraktas som immateriellt arv från folket i Pernambuco, norra och Brasilien i allmänhet.

Några minuter senare anländer transporten till grannskapet och klättrar gradvis uppför de branta sluttningarna och andra hinder. Eftersom platsen har många turistiska punkter stannar folk till vid dessa punkter. Våra vänner stannar till vid den mest kända hantverkarens gamla bostad, som tidigare nämnts, det är numera ett museum av enorm betydelse. Framför platsen, ett anspråkslöst tegelhus, smalt och kort, sadeltak, omgivet av en tegelvägg, som leder till en skulptur och ett monument (experten blåser ett instrument, för han kunde också spela fiol) med en plakett till konstnärens ära, samlas våra personligheter med andra människor. Inuti är de omedelbart nöjda med vad de hittar: Historiska artefakter, bilder, lera och keramiska verk som visar djup kreativitet. Det är ingen slump att denna konst har erövrat hela världen, inklusive verk som ställs ut i Schweiz och Frankrike.

Våra vänner beundrar platsens enkelhet och tar tillfället i akt att titta på var och en av utställningarna. En av dem sticker ut: Gepardjägaren, ett verk som föreställer jägaren och bytet, sida vid sida, i en fantastisk ritual. Siaren stannar framför verket och talar igen med sina vänner:

" Det här monumentet representerar det vi söker. Jägaren och bytet i en antagonism som binder samman relationen. Vad mer inspirerar detta underbara arbete dig?

"Jag ser hängivenhet och ömhet. (Renato)

"För mig representerar det enkelhet och stolthet. (Raphaelle Ferreira)

"Vildmarken och dess sport. (Bernadette Sousa)

"Blodbad och uppror. (Osmar)

"Lagen om makt. (Manoel Pereira)

"Mötet. (Robson Moura)

"Den personliga utvecklingen. (Lídio Flores)

"Djuret och materialet. (Rafael)

"Korset och svärdet. (Uriel)

" Väldigt bra. Jag är den här jägaren och kom till världen för att leta efter bytet. Men till skillnad från denne jägare i verket kom jag inte för att döda den, utan för att ge det liv som fanns mitt ibland min far. Jag kom för att befria er från syndens slaveri och orättvisor i denna värld. I gengäld ber jag bara om respekt och att följa mina lagar. Tillsammans kommer vi att bygga ett rättvist och rättvist rike, som skiljer sig från de markbundna rikena, där korruption, förräderi och falskhet dominerar. Vi kommer att vara barn till samme far, mot framgång och evig lycka. (Guds son)

"Och varför har ni utvalt oss till stackars syndare? Skulle det inte vara lättare att välja de rättfärdiga? (Diana Kollins)

"De rättfärdiga behöver inte hjälp för att bli frälsta. Jag söker efter dem som behöver doktorn, de hårdaste syndarna. I dem kommer jag att göra miraklet att förvandla mörker till ljus och deras lycka kommer att vara fullständig. I slutet kommer de att visa mycket kärlek och lydnad eftersom så mycket blev förlåtet. (Guds son)

"Jag är imponerad, jag vill lära känna dig bättre. (Diana Kollins)

"Lugna, syster. (Guds son)

"Jag var det första bytet. Varför har du skyddat mig från min fars raseri, trots att det inte angår dig? (Renato)

"För det första, min käre Renato, är jag allas far. En jordisk faders auktoritet kunde inte vara ett hinder för mig att handla för att möta orättvisor. Oberoende av vad som kan hända, var min större avsikt att du skulle må bra av en korrupt far. På grund av det har jag agerat. (Guds son)

" Jag förstår det. Jag tackar dig hela ditt liv. (Renato)

"Tack, min far. Allt detta är hans verk. Han agerar genom ärliga och kämpande människor. I slutet av allt kommer många hjärtan att hitta sig själva. (Guds son)

"Jag måste erkänna att jag var svag före omständigheterna i mitt liv. Jag kände mig som ett byte, föraktad och förödmjukad. Har du någonsin känt så, Aldivan? Hur kan jag övervinna det? (Raphaelle Ferreira)

"Jag känner till varje lidande som du lider. Jag var den vänliga handen som förhindrade att det värsta hände. I vårt fysiska möte fick jag möjlighet att avslöja mig själv och visa hur stor min kärlek är till dig. Från och med nu ligger därför alla dina problem i mina och min fars händer. Ingenting kommer att hända dig. Det förflutna måste förträngas och studeras så att ni kan utvecklas. Mitt "jag är" lärde mig att livet och dess ständiga strider har lämnat mig med smärtsamma ärr, men det gör mig inte nedstämd eftersom jag har den Allsmäktiges essens, som ger liv i överflöd. (Guds son)

"Ära vare Gud, för han tror fortfarande på mig och förändrar mig! (Raphaelle Ferreira)

"Amen, syster. (Guds son)

"Du känner mig, Aldivan. Vi lekte tillsammans, grät tillsammans, delade förhoppningar. Trots det erkänner jag mitt misstag att ha förstört två liv. Hur ska man agera från och med nu? (Bernadette Sousa)

"Ja, syster, vi känner varandra. Det som bringar fördärvet till människorna är stolthet och perfektionssyndromet. Lyckligtvis är ni medvetna om vad som har hänt, och trots de tragiska konsekvenserna kan jag säga att allt inte är förlorat. När människan gräver djupt i sin själ och ser avgrunden där hon kastade sig och fattar ett fast beslut om att inte synda igen, är det möjligt att rädda den. Min far är en Gud för nuet och framtiden och från den stund då du accepterade mig garanterar jag dig att allt är glömt. Jag skall förvandla dig till den återlösta Eva, en sann efterföljare av faderns lagar. Mörkret, dödslänkarna, de andliga djuren, de infernaliska makterna, den svarta magin, de afrikanska bönerna, slutligen, helvetets och dödens portar kommer inte att ha makt över er, över mina andra apostlar och inte över dem som tror på mitt namn. Ty det finns allenast en sann Gud, och hans namn är HERREN. (Guds son)

"Gör mot mig som dina ord. (Bernadette Sousa)

"Amen. (Guds son)

"Vårt åter möte var ett mirakel. Jag fann i dig en vän som alltid var mognare och mer fulländad. Första gången var jag jägare för att jag var din arbetschef. Andra gången är jag bytet och befanns vara nedbruten på grund av mina stora synder. Sakta men säkert faller dessa bitar på plats som genom ett mirakel. Kan du berätta vad som är din hemlighet? (Osmar)

" Det är ingen hemlighet. Jag är en del av energiflödet för det större goda, och det är detta som förverkligar miraklerna. Mitt mål är att använda dig som exempel för resten av världen med avsikt att läka dem till. Korruption och pedofili är något ont hos mänskligheten, men det är inte genom att korsfästa människor som vi kommer att uppnå något. Vi behöver ett centrum för kroppslig och andlig rehabilitering för att reformera dessa människor. Endast på detta sätt kommer det onda att elimineras. (Guds son)

"Den eviga kampen mot ondskan. Kommer det en dag att vara möjligt att uppnå det ni föreslår? (Osmar)

"Så länge världen existerar kommer det alltid att finnas ondska. Men om du litar på mig och min far, kan vi uppnå miraklet "Jag är" och det omöjliga kommer att bli möjligt. (Garanterad Guds son)

"Jag tror det! (Osmar)

"Då kommer du att uppnå miraklet vid rätt tidpunkt. (Guds son)

"Amen! (Osmar)

" Jag har alltid varit jägaren. På gatorna kastade jag mig över offren utan medlidande och vilade inte förrän jag hade nått mina mål. Men vart tog allt detta mig? Ett eländigt liv fullt av lögner, feghet, rädsla, osäkerhet. Vårt första möte väckte i mig den medkänsla som präglade mig under en tid. Det andra mötet blir min frälsning. Nu är det jag som är bytet och vill bara vara vid sidan av min herre och mästare. Jag älskar dig för att du har förlåtit mig och visat mig en ny väg till mitt liv. (Manoel Pereira)

"Du gjorde bara rätt val. Innerst inne, trots din ondska, var du inte längre den ömtåliga och behövande pojken som ville ha självbekräftelse. Jag gav bara en liten knuff. Tiden är inne för att lära sig och så nya frön för att ni ska få ett fridfullt liv i framtiden. (Guds son)

"Jag kommer att fortsätta på den inslagna vägen. Tack. (Manoel)

" Ingenting alls. Alltid till ditt förfogande, vän. (Guds son)

"Du har förverkligat en av mina drömmar och sedan dess har jag närt en stor beundran för dig. Trots att jag studerade universum kände jag inte mig själv, och detta upptäcker jag tillsammans med er. Jag lovar att ägna mig åt uppdraget och upptäcka lite mer om denna underbara Gud inom dig. Jag är ditt byte, och du kan använda mig. (Robson Moura)

"Du är ett av de svåraste fall jag tagit mig an. Din skepticism var en ögonbindel över dina ögon, och jag visste att för att ta bort den var jag tvungen att bevisa min fars makt. Jag gjorde det för den stora kärleken i mitt hjärta, men det var ett undantag. Det kommer inte att finnas någon signal mer förrän världens ände så att ni tror på mitt namn. Människor måste ha tro. (Guds son)

"Jag tackar dig, min herre. (Robson Moura)

"Herren är i himlarna. Jag är din vän, och jag är också här för att lära mig. (Guds son)

"Okej. (Robson Moura)

"Jag har studerat vetenskap och evolutionsteori, men ingenting är så klart som du. Eftersom jag önskade att alla forskare kunde få den möjlighet som jag har. Världen skulle räddas. (Lídio Flores)

"Civilisationer går framåt och så småningom blir människor mer avlägsna från Gud. Konflikten mellan vetenskap och tro är bestående. Den stora smällen var bevisad, men vem tände dess låga? Mänskligheten kommer att bli galen om de har för avsikt att ha svar på allt. Över förnuftet står min faders kraft som är obegriplig och hemlighetsfull, och så kommer det att vara för evigt. (Guds son)

"Det är sant. Jag är glad över att vara en del av gruppen. (Lídio Flores)

" Det är verkligen imponerande. Vem är du, Aldivan? (Diana Kollins)

"Jag är" vad jag är. Jag är uttråkad här. Kan du ta oss till en annan plats?

" Ja, det är det. Låt oss gå, mitt hem. Jag måste laga middag. (Diana)

"Utmärkt. Jag är hungrig. Ska vi åka, grabbar? (Guds son)

" Ja, det är det. (De andra helt och hållet)

Diana gick mot museets utgång, och de andra följde efter henne. Med några få steg går de över dörren och ut på gatorna. Vad skulle hända? Låt oss vänta på nästa kapitel.

Gruppen går längs gator och avenyer, från kvarter till kvarter. På huvudgatan i kvarteret går de längs gatan till höger. När Diana kommer fram till det femtionde huset stannar hon, tar en liten nyckel ur sin tröja och går några steg och provar den på hissdörren, ett anspråkslöst hus i medelstor (14×6 meter) modern stuga. Framtill, förutom dörren, finns ett sidofönster och mitt i mitten är en figur som liknar en björn. Förutom att det var trevligt och trevligt var det en historisk byggnad.

Vid andra försöket öppnar Diana dörren och de går in i vardagsrummet, som är husets första rum. Klinkergolv, fin puts på väggarna och gipstak, huset utstrålade god smak och stil, vilket återspeglas i möblerna i rummet (soffa, uppsättning stoppade stolar, trähylla på vilken man hittade elektroniska föremål, prydnadsföremål, böcker, tidskrifter, gardiner och telefonbord). Våra vänner gör det bekvämt för sig i soffan och stolarna. Två personer stod kvar.

Diana lämnade dem för ett ögonblick för att göra några sysslor. Medan de väntar vilar de och roar sig med en livlig pratstund. Dessa lediga stunder var sällsynta och måste avnjutas, även under den ansträngande tyngden av äventyrsansvaret.

En timme senare är Diana klar med sina sysslor och ansluter sig till gruppen i loungen igen. En stund senare kommer någon och värden presenterar sig. Det var Ricardo Feitosa, en mager, kortväxt man, omkring fyrtio år gammal, som var hennes make och på väg hem från sitt arbete i ett byggföretag. Han arbetade som murare och om det inte vore för hans frus hjälp skulle de inte få ekonomin att gå ihop eftersom levnadskostnaderna i en storstad var extremt höga, på grund av den finanskris och galopperande inflation som landet och större delen av världen gick igenom.

Samtalet fortsätter en stund till. Exakt klockan 18.00 träffas de i köket i trettio minuter, de njuter av lady Dianas matlagning. Dessutom drar de nytta av att stärka banden sinsemellan. När måltiden är över talar siaren artigt till värdarna för gruppen:

" Jag har uppskattat din inbjudan, Diana. Tack för möjligheten att lära känna ditt hem, din make eller maka och lite av dig själv. Nu inbjuder jag dig att följa med oss. Jag vill lära känna Caruaru landsbygd och hoppas kunna besöka en vacker plats för att ge oss inspiration.

"Tack. Jag skulle vilja göra det för att jag är fascinerad av dig. Vad tycker ni, älskling? (Diana)

"Beslutet är ditt. Om du vill är du fri att gå. Jag väntar på din återkomst. (Ricardo Feitosa)

"Då går jag. Vilket hotell bor du på? (Diana)

"På Palace Hotell", informerade Rafael.

"Jag vet det. Det är nära till busstationen. Vänta på mig klockan sju på morgonen. Är det okej, Aldivan? (Diana)

"Utmärkt. Tack så mycket. Vi ger oss av. God natt. (Aldivan)

"God natt. Träffa dig i morgon. (Diana)

"Vi ses. (Aldivan)

De tar farväl och blir artigt avvinkade vid dörren av paret. De går till busshållplatsen och när de sedan kom fram väntade de mindre än tjugo minuter innan de tog bussen. De går ombord på fordonet och slår sig ner.

Eftersom det är kväll är trafiken normal och de kliver av vid det tredje stoppet. De promenerar en stund, går in på hotellet och var och en går till sina rum. Medan vissa går direkt och lägger sig, försöker andra njuta av kvällen på bästa möjliga sätt. Det viktigaste var att alla var enade kring ett gemensamt mål, självkännedomen. God natt allihopa.

På väg

En ny dag gryr. Diana och hennes man vaknar mycket tidigt och tar hand om sina plikter. Medan hon går för att ta ett bad innan det efterlängtade mötet med sina nya vänner, förbereder maken artigt frukost för båda. Utanför blåser en sval bris, med en regndroppe som hotar att regna. Vad skulle hända? De har redan passerat genom sju städer med olika upplevelser och nu kändes Diana som ett nyförvärv för gruppen, även om det inte var klart.

I badrummet är hon orolig. Hon var den sortens person som inte trodde på ödet, men det verkade som om allt föll på plats som ett pussel. För det första hade hon träffat en grupp vid en kritisk tidpunkt i sitt liv, både känslosam och familjär. Känslosam för att hon inte kunde förstå de moderna sociala fenomenen, som ett exempel pretentiösitet, bristen på ödmjukhet hos människor och fenomenet med sexrevolutionen, som gjorde de flesta människor slit-och-släng-varor. I slutändan, vad var poängen med att ha tillfälligt sex och vara ensam efteråt? Vi är människor, vi blir äldre och vi är inte eviga. Även om det var svårt var det bättre att vänta på kärleken. Berättar om familjeproblematiken, hon har haft ett gräl med sin man veckan innan, något som inte har inträffat tidigare under fem års äktenskap. Lika bra att båda satte sig ner och pratade igenom det och till slut förstod det.

Vid den tiden höll hon på att insupa dessa effekter, ett oväntat möte med en ung författare, som kallade sig Guds son och som var en juvel till person, hans äventyrspartner, två ärkeänglar och ytterligare sex personer som kallades apostlar. Det var det viktigaste ögonblicket i hennes liv, för det visade henne en större och mer komplex värld än hon trodde fanns. Nu var hon redo för upplevelserna.

Efter tjugo minuters rengöringsövningar avslutade hon badet. Virar in sig i handduken, går över badrumsdörren och med bestämda och säkra steg går hon mot rummet som ligger några meter bort. På några sekunder är hon redan vid det personliga skåpet och väljer kläder, accessoarer, tennisskor och juveler. Välj en kort grön kjol, en blommig sidenblus, rosa trosor, en bh, ett halsband, ett armband, en klocka och bekväma tennisskor. Hon klär på sig. När hon har klätt på sig sminkar hon sig och tar på sig en mjuk parfym. Redo. Lycklig går han ut i köket för att ta reda på hur mannen har klarat sig i sin uppgift.

När hon kommer dit upptäcker hon till sin förvåning att allt kommer att vara rent och organiserat. Vi skulle kunna säga att hon hade en hemmaman, och hon misstänkte det inte. Livet är verkligen underbart och fullt av överraskningar. Nu vilade han bara för att smaka på sin matlagning.

Ricardo, som betedde sig som en riktig gentleman, drog fram stolen åt sin hustru och när hon hade satt sig till rätta började han servera henne. Efteråt sätter han sig också ner och serverar sig själv. Vid den här tiden såg de verkligen ut som ett enat par, vad som har glömts bort under en tid för monotonin och båda liven. Hon utnyttjar detta och börjar prata.

"Grattis till dig, älskling. Du ser inte ut som den lynniga mannen från förra veckan.

"Tack. Jag måste gratuleras för att jag har en fru som du. Under tiden måste du förstå mina utbrott av raseri, för jag är under press på jobbet och socialt. Även om det inte rättfärdigar det, ber jag er om lite tålamod.

"Vi är två. Som ni vet har jag också många yrken på skolan där jag undervisar och mina tal. Ibland vill jag förbanna hela världen, men jag håller mig alltid lugn. Det beror på att en kvinna är mer känslig och rationell.

" Ja, det håller jag med om. Kvinnan är verkligen ett vackert exemplar som skaparen behagade göra för män. Bland dem valde jag dig till min hustru.

"Och kärleken? Är det samma som när vi gifte oss?

" Jag tror det. Du behagar mig fortfarande mycket som kvinna och person.

" Lika bra. Jag känner likadant. Jag hoppas att vår situation kommer att förbättras från och med nu.

"Det beror helt och hållet på oss, kärlek.

"Det stämmer.

"Nå, jag måste göra mig i ordning för att gå till jobbet. Lycka till på promenaden med dina vänner.

"Tack.

Ricardo avslutar avskedet med en kyss och en kram till sin fru. Han hade redan ätit upp sin frukost. Hustrun avslutar också sin, och när hon återvänder till rummet för att hämta sin väska och göra sig i ordning har mannen redan gått. Så var det varje dag. Han gick mycket tidigt för att arbeta på byggföretaget och kom inte tillbaka förrän på kvällen. Hon gick dock lite senare till sitt jobb och förblev separerade hela dagen. Idag var ett undantag, för hon hade bett om tillfällig ledighet för att vara med sina nya vänner.

Hon är redo. Iklädd en vacker röd sjal och en läderväska över axlarna går hon mot dörren, går över den och låser in den utifrån för säkerhets skull. Nu var hon fast besluten att möta nya horisonter och nyhetens behag gjorde henne upphetsad.

Går några hundra meter och aktar sig för att bli överkörd. I de medelstora och större städerna var det så: bilisterna respekterade inte fotgängarens rättigheter och eftersom hon hade självkänsla var hon tvungen att vara försiktig.

I slutet av en gata full av stigningar hittar hon en busshållplats och som tur är kommer en av dem precis i rätt tid. Tillsammans med andra klättrar hon in i bilen och sätter sig i framsätet.

Bussen lyfter och fortsätter att köra på sin anvisade rutt. Från Alto da Moura där de befann sig skulle de gå till Palace Hotell, som låg vid ett dyrt huvudområde. På vägen går de genom intrikata gator i ett ständigt in- och utlopp, mellan motoracceleration, stopp och stads föroreningar. Diana skulle möta dem som överenskommet: Hon skulle ta dem till en öde plats, med frisk luft och helt sammanlänkad med naturen. Hon hade redan bestämt sig för platsen, och det skulle bli en överraskning för alla.

Hon kliver av vid respektive hållplats, betalar biljetten och säger artigt adjö. Det återstod bara några meter för att komma fram till hotellet, som avverkades på kort tid. Framför en enorm bottenvåning och första våningen går hon till huvudreceptionen, går fram till receptionsdisken och frågar om sina vänner. Hon får veta att de står i matsalen och äter frukost. Lite förvånad för klockan var redan åtta på morgonen, hon förstår att de kommer från en lång resa och att vilostunderna måste vara sällsynta. Hon tackar skötaren och går mot det angivna området. Just då gjorde ångesten och nervositeten att hon fick ont i bröstet och blev bara lugnare när hon träffade dem.

En kort stund senare, efter att ha tillryggalagt den korta sträckan från receptionen till matsalen. Hon hittar sina vänner sittandes runt två bord intill. Som tur är finns det fortfarande en tom plats i den högra änden där hon sitter. Samtalet börjar oundvikligen.

" Vill du ha något, Diana? Det finns fortfarande massor av mat på hyllorna", erbjöd siaren.

"Tack, kära du. Men jag har redan ätit frukost. Hur mår du? (Frågade hon)

"Jag mår bra, är angelägen om att upptäcka nya saker. Vid det här laget är jag, trots att jag är expert, din lärling och tillsammans kan vi komplettera varandra. (Siaren)

"Om du säger så, så tror jag på det. (Diana)

"Och din man? Vad tycker han om detta? (Renato)

" Trots att han hade haft en del problem den senaste tiden var han förstående. Det kommer från hans tillit till min kärlek. (Diana)

"Okej. Lika bra. (Renato)

"Hur är ditt arbete? (Raphaelle Ferreira)

"Jag har många funktioner för jag är ansvarig för det mesta av husets utgifter. Jag undervisar i engelska, mitt modersmål, på två skolor och på fritiden och vissa helger anlitas jag för att hålla tal om sex. Bland de institutioner som behöver mina tjänster finns skolor, fängelser, företag och härbärgen. Om man lägger ihop alla bostadsinkomster räcker det för att överleva. Och du, har du något yrke? (Diana)

"Låt oss säga att jag var student. Jag lider av återkommande depressioner som påverkar mig väldigt mycket. Jag hoppas dock att vi i slutändan har konkreta förväntningar. (Raphaelle Ferreira)

"Jag önskar det. Jag också. Jag vill utvecklas i alla avseenden, och ditt företag är kritiskt. (Diana)

"Var kommer du ifrån i England? (Bernadette Sousa)

"Jag kommer från huvudstaden London. Jag föddes där och efter en period av stor lågkonjunktur i vårt område flyttade mina föräldrar till Brasilien för där i Europa såg vi många gånger sloganen "framtidens land". Från början bodde vi i Recife, men eftersom det var stor konkurrens där bestämde vi oss för att flytta till Caruaru eftersom det var en lovande stad. Jag var tio år då. (Diana)

"Underbar! Du måste ha ett otroligt bagage. Jag är född, uppvuxen och bor i Mimoso, en liten by som förbinder vildmarken med delstatens vildmark, och jag måste erkänna att jag fortfarande är naiv. Jag känner inte till andra kulturer, andra länder eller grannstater. Det måste vara mycket spännande. (Bernadette Sousa)

" Ja, det är det. Men som det gamla ordspråket säger: "Ingen vet tillräckligt för att inte kunna lära sig och ingen är så okunnig att han inte kan undervisa." Vi sitter i samma båt på jakt efter något större och frågans x är koncentrerat till ödet, vår tro och experten själv som vaktar faderns hemligheter. (Diana Kollins)

"Jag går med på det. (Bernadette Sousa)

"Hur träffade du din man? (Osmar)

" Det var väldigt oväntat och jag skrattar än idag. Det var på ett av mina tal för företagsgrupper. Jag dök upp på ett av ett byggföretag på begäran av en av direktörerna, och alla anställda samlades i huvudområdet på företagets huvudkontor. Jag började talet med hjälp av mikrofonen, så att alla kunde höra mig, och bland alla presenter var han den som deltog mest. I slutet av talet kom han fram till mig arrogant, klädd i arbetsuniform, kortärmad blå hängselbyxa, svarta sällskapsskor, armbandsur och en keps som täckte öronen. Jag lade märke till att hans ögon lyste och att hans breda leende hade förmågan att tränga in i själen. Han presenterade sig, vi hälsade på varandra och oväntat gjorde han en passning: "Du är lika vacker som dina ord." Det berörde mig djupt, vi fortsatte att prata och i slutet av samtalet bad han att få ta med mig ut nästa dag. Eftersom han var en intressant man accepterade jag hans begäran. Jag kan säga att det var ett av de bästa besluten jag har tagit i mitt liv. Under det första mötet hittade vi många saker gemensamt, vi kysstes för första gången och vi gjorde flirten officiell. Senare dejtade vi på allvar, förlovade oss och gifte oss. Facket har pågått fram till nu. (Diana)

" Otroligt. Du är en lycklig kvinna. Jag, däremot, hade bara misslyckade flirtar och problemfyllda relationer. Men jag klandrar ingen, för alla är ansvariga för sina problem. (Osmar)

" Jag kanske inte håller med om det helt och hållet, men så här ser det ut. Vi har alla en gemensam sökpunkt, och vi måste fortsätta för att få önskat resultat. (Diana)

" Vi försöker i alla fall. (Osmar)

"Det är sant. Vi förlorar ingenting på att försöka. (Diana Kollins)

"Om ditt arbete som sexolog, vad består det av och vad skulle du ge för tips till någon som alltid sett sex som något banalt? (Manoel Pereira)

"I korthet består en sexologs arbete av att ge vägledning om feminina och maskulina sexuella dysfunktioner. När det gäller ditt fall skulle jag följa en förändring i rutiner, kontakta andra människor, med andra miljöer och ge dig själv chansen att vara lycklig. I allmänhet är polygama personer individer som är frustrerade över sin sexualitet.

"Ok, tack för din förklaring. (Manoel Pereira)

" Inte alls. Till ert förfogande, kollega. (Diana)

"Jag förstår dig och jag vet vad som förenar oss. Jag är astrolog och ufolog och trots att jag har så mycket kunskap känner jag mig som ett barn bredvid Aldivan. (Robson Moura)

" Ja, det är det. Vi är olika och jämlika i den som Gud behagar. (Diana Kollins)

"Jag är liten i min mänsklighet och stor i den som styrker mig. Ändå älskar jag dig som jag älskar mig själv. Jag skäms inte för att kalla er bröder eller vänner, för en gång kände jag mig också vilsen som ni. — Ingrep Aldivan.

"Ära! (Alla)

"Jag är en annan frustrerad person i den här gruppen. Välkommen, min vän Diana. (Lídio Flores)

"Tack" svarade hon.

"Det är dags att gå. Klockan är redan tjugo minuter över åtta, påminde Rafael.

"Det är sant. Är du redo, Guds son? (Uriel)

" Ja, det är det. Visa vägen, lady Diana Kollins. (Befallde siaren)

" Väldigt bra. (Diana)

När de redan hade avslutat måltiden återvände våra vänner till sina rum och gjorde i ordning ryggsäckarna med proviant för resan. När allt är klart lämnar de hotellet och beger sig till närmaste taxistation. Vad intressant kommer att hända i dessa äventyrares liv? Missa inte nästa scen, kära läsare.

På landsbygden

Gruppen rör sig i god takt genom gatorna i vildmarkens huvudstad. Varje steg som tas representerar en ny erövring i livet för det ödmjuka team som består av en drömförsäljare, en yngling som misshandlats av livet, två ärkeänglar, en deprimerad kvinna, en abortör, en korrumperad person, en drogbrottsling, en astronom, en evolutionist och en sexolog. De blev alla, universellt, massakrerade av världen och skulle bara finna skydd i hjärtat av den förstnämnda. Trots att Guds son var ett stort mysterium för dem alla, visade han redan att hans avsikter var sanna och ärliga. Vad som än stod inom räckhåll för honom skulle han säkert göra det, för att besvara och tillfredsställa de relevanta frågorna.

Med denna förvissning fortsatte de att vägledas av värden och sin herre. Exakt en kvart senare var de framme vid den önskade punkten, ett medelstort torg där taxibilarna stod parkerade runt omkring. De anställer två och efter att ha installerat sig avgår fordonen äntligen. De två bilarna (en ljusgrön och den andra röd) börjar täcka stadens omkrets.

Medan de avancerar genom de livliga gatorna passar de flesta av dem på att vila och reflektera. Efter att ha analyserat allt som har levts fram till nu drar de slutsatsen att det var värt besväret varje droppe svett som spilldes. De har fått kunskap, anknytning, vänner och har lämnat rutinen. Förvisso var de redan på något sätt förändrade och den mest ansvariga för det var en varelse som hette Aldivan Torres, även känd som Gudomlig, siare, Guds son, Emanuel, Messias. Tack vare honom hade många där inte gett upp att leva och har i honom upplevt en ny uppfattning om Gud, något som aldrig tidigare skådats eftersom mänskligheten var vilsekommen och upplöst. Med tiden blev tendensen värre.

Efter att ha tillryggalagt en del av stadens omkrets kommer de till en grusväg och därifrån blir resan ett stort äventyr. Inför den osäkra vägen gjord av röd lera, skarpa kurvor, oupphörliga stigningar, kräver det en heroisk insats för att inte bli åksjuk. Vid det här laget pumpar adrenalinet!

Medan de villigt går framåt, är deras sinnen upptagna av sina problem och den största frågan var det nuvarande målet. Varför hade Diana just valt den platsen? Skulle det inte vara bättre att besöka ett museum eller en kyrka i stan? Det var vad de flesta av dem frågade sig själva. Men när vi kom upp på toppen av berget försvann dessa tankar helt. De kliver ner från taxibilarna, betalar biljetten, tar chaufförernas telefonnummer, som återvänder till staden och lämnar besökarna där och beundrar den befintliga underbara naturen.

Hästarnas berg är en ekologisk park på cirka 360 hektar, naturreservat för atlantiska skogar, som skyddar flera växt- och djurarter, såsom palmer, cypresser, mossor, jakaranda, peroba, cederträ, andira, fikonträd, hökar, kolibri, jacu, korallkobra, alpacka, guara varg och andra.

De är på restaurangen, varifrån de har en fullständig utsikt över staden. Medan de beundrar den lokala skönheten passar de på att ta ett snabbt mellanmål på anläggningen. De slår sig ner på trästolar runt två bord, serveras strax efter och medan de äter börjar de prata på ett naturligt sätt.

" Det här är helt otroligt! Jag har aldrig mått så bra som nu. Säg mig, Diana, hur ofta kommer du hit? (Raphaelle Ferreira)

"Så ofta jag kan, käre vän. Det här är också en mystisk plats för mig. (Diana)

"Utmärkt, faktiskt. (Raphaelle Ferreira)

"Jag bor också på en mystisk plats. Jag kommer från berget Ororubá i Mimoso, en plats där förtvivlans grotta finns, där alla drömmar är möjliga. (Renato)

"Här är en plats där drömmar går i uppfyllelse. Men hur går historien om grottan? (Diana)

"Siaren vet hur man förklarar bättre. Kan du Aldivan? (Renato)

"Självklart. Förtvivlans grotta är en vidsträckt plats, mörk, fuktig och full av fällor. Jag var den enda överlevande till dess eld och förverkligade min dröm om att bli siare. Nu är jag superbegåvad, kapabel att överskrida de timliga utrymmena och förstå det mänskliga hjärtat. Jag känner mig stolt över att ha besegrat den farligaste grottan i världen. (Siaren)

"Häftigt! Jag kommer med glädje att få lära känna en erfaren varelse bredvid dig. När det gäller det här stället, gillar du det? (Diana)

" Allt här är speciellt, och tillsammans med mina vänner är det ännu bättre. Tack för att ni tog oss hit. (Guds son)

" Inte alls. (Diana Kollins)

" Jag trivs jättebra här. Jag är uppvuxen på landet och den friska luften, lugnet och naturen är det bästa som finns. Jag måste erkänna att staden, med all sin rörelse, redan påverkar mina nerver - kommenterade Bernadette Sousa.

"Utmärkt, kollega. Jag gillar både natur, landsbygd och stad. Jag tror att var och en har något att ge. (Diana kollins)

"Var och en har sitt perspektiv", konstaterade Bernadette

"Jag kom hit en gång i mina gyllene tider. På den tiden hade jag inte samma sinne som nu och kände mig smutsig. Men den här gången är det något i luften. (Osmar)

"Varje person reagerar olika inför de heliga platserna. I mitt fall försökte jag hitta mitt öde och du försökte fly från dig själv. Det som är gemensamt är alla hjärtans magi. (Siaren)

"Ja, mästare. Det är du säker på. Och du, Diana, vad var ditt mål att komma första gången? (Osmar)

"Jag kom hit på en promenad, strax efter att jag hade gift mig", berättade hon.

"Ok. (Osmar)

"Mina vänner, jag vill berätta för er hur lycklig jag är. Jag har känt till en värld av droger, kriminalitet, ärelystnad, perversion, våld, slutligen mörkret och genom förlåtelse av en mirakulös varelse som heter Aldivan, återuppstår jag. Nu har jag möjlighet att lära känna denna vackra plats, växtlighet, djur, sjö, berg och tillsammans med otroliga människor. Jag har inga ord för att beskriva hur jag känner. (Manoel Pereira)

"Vad är hemligheten? Jag är fortfarande förvirrad. (Diana Kollins)

"Det är normalt. Min hemlighet är att ha gett mitt kors till rätt person, någon som verkligen bryr sig om oss och älskar oss. Den här personen som inspirerar oss nu. (Manoel Pereira)

" Jag vet inte. Tvivlen låter inte tänka. (Diana)

"Lita på det. Jag hade också rädslor, men långsamt har jag upptäckt lite av Jahves son, den andlige sonen. (Lídio Flores)

"Min skyddsling är speciell. Det finns inget att vara rädd för. (Uriel)

"Änglarna kommer att vara vid din sida om du accepterar dem. (Rafael)

"Tack alla för rekommendationerna. Var inte rädd. Jag lovar att om du ger ditt liv till mig kommer inget ont att hända dig, för min fader är det omöjligas Gud. Om du tror på mig, kommer jag att be i ditt namn och änglarna kommer att ta hand om dig. Det finns ingen lycka bortom mig på denna jord, men du är fri att bestämma. Jag kommer att fortsätta att älska dig på vilket sätt som helst. (Siaren)

Diana är tyst och funderar en stund. Vad var det som hände? Fram till för ett tag sedan var hon en normal kvinna, med problem, rädslor, lycka och svek. Men innan Aldivan och de människorna kände hon att hon var en del av något större. Till och med när hon hade ansvar för sitt jobb, sin man, sin familj och samhället verkade ingenting spela någon roll just då. Hennes "jag är" skrek inom henne, redo att bli upptäckt och det fanns bara en chans att bli fri: Ge sitt liv helt och hållet till det där uppdraget som för många kunde se ut som galenskap. Hon fattar sedan ett bestämt beslut och tar till orda igen:

" Jag accepterar det. Vad ska jag göra?

"Tillåter du mig att röra vid dig? (Guds son)

"Vad är syftet? (frågade Diana)

"Oroa dig inte. Bara slappna av. (Guds son)

Diana nickar instämmande. Aldivan går sedan fram till sin stol, rätar på sig lite, rufsar till sitt axellånga hår och skägg som ser ut att glänsa. Med en rak beröring i hennes ansikte kan han tränga in i det innersta av hennes väsen. Här är visionen:

"Det är en ljus morgon den andra januari 1969, en torsdag. Familjen Dapper Kollins, som

består av paret Christopher och Megan (engelsklärare), har just återvänt från centralsjukhuset och har med sig den nyfödda dottern Diana Kollins. Det hade varit en tröttsam resa att ta sig från centrum till stadsdelen Croydon, i stadens förorter – med tanke på den överbelastade trafiken i kombination med förarnas dåliga humör – men det var värt besväret. Från det att de anlände till sitt blygsamma hus (ett medelstort hus, 13×7 meter, byggt av tegel och fin puts, höga grå väggar, smala fönster på framsidan och på sidan, trädgård med väl utbredda rabatter, halmtak och dörr på sidan, som gav tillgång till korridoren) var lilla Diana centrum för attraktionerna. Det var inte för mindre. Den lilla flickan var parets första dotter och skulle bara bli en på grund av komplikationer vid födseln. Så båda slöt en pakt om att behandla henne som en drottning och lära henne det goda uppförande som en utbildad person måste ha. Och det gjorde de. Den lilla flickan växte upp frisk och lycklig vid sina föräldrars och grannars sida, de flesta av dem mycket trevliga.

Tillståndet i landet var dock inte utmärkt. Från början av sjuttiotalet, på grund av en avreglering av det internationella monetära systemet och en chock på bensinpriset, gick världen in i recession och efterföljande kris. Alla sektorer drabbades:

utbildning, hälso- och sjukvård, transport, jordbruk och jordbruk är några exempel på sektorer med en mer kritisk situation. Arbetslösheten drabbade oundvikligen medelklassen och de lägre klasserna, och bland dem familjen i fråga.

I denna tid av kris tog den visionära patriarken i familjen Dapper Kollins, "herr Christopher", ett slutgiltigt beslut, att emigrera. Det land som valdes var Brasilien, som enligt den information man fått hade en bättre situation och en enorm tillväxtpotential och som hade utsetts till "framtidens land". Och det gjorde han. Sålde sina ägodelar, köpte flygbiljetter och på den tid och dag han valt åkte han mot Pernambuco, närmare bestämt med destination Recife.

I en resa med förutbestämda stopp gjorde de resan på cirka sjutton timmar. När de anlände till Recife bokade de tillfälligt in sig på ett hotell, vilade resten av dagen, den sjunde juli 1979, vilket var viktigt för att representera en omstart i livet för de tre medlemmarna i den trevliga familjen.

Dagen därpå börjar de leta efter en blygsam bostad och söker jobb. Eftersom de är två länder med olika språk och kulturer stöter de på vissa svårigheter i början, men båda lyckades hitta arbete och bosätta sig i Imbiribeira. Den lilla flickan Diana, som då var tio år gammal, gick i en bra skola i grannskapet.

Fem månader gick och skolan slutade. Paret fick en inbjudan att undervisa i det inre av landet, närmare bestämt i Caruaru, vilket de accepterade på grund av bättre arbetsförhållanden och en del äktenskapliga och personliga problem.

I början av året, 1980, befann de sig i vildmarkens huvudstad. Och så förflöt tiden normalt. Några år senare gick de i pension och den unga Diana studerade litteratur och engelska. Familjen betraktade redan Brasilien som sitt hemland, trots sitt europeiska ursprung. Vi var i början av decenniet 1990.

Tiden fortsatte att gå och saker och ting gick normalt. Dianas föräldrar dog, hon gifte sig och började arbeta i samma yrke som sina föräldrar. Som en vanlig hustru tog hon hand om sin man, sitt jobb och sitt sociala liv, men kände sig aldrig nöjd. Något hon inte visste saknades och som hon fick reda på först när hon oväntat träffade en ung man och hans team på marknaden i Caruaru under ett av hennes planerade tal. Från och med då kände hon sig oerhört berörd av dem. Hennes nuvarande mål är att återupptäcka sig själv, att väcka sitt innersta "jag är". Hon hoppas på framgång.

Siaren tar bort handen och avslutar beröringen. Experten analyserar kallt den erhållna synen och gör sig redo att tala med den nye aposteln. Han behövde välja de rätta orden.

"Jag har sett dig, syster. Jag gick in i den djupaste delen av ditt väsen för att upptäcka din själ. Och det jag såg gladde mig. Trots vår könsskillnad såg jag mig själv i dig för några år sedan. Vid den tiden hade jag ännu inte funnit faderns kraft, hans vänlighet och hans förmåga att förlåta. Vi kan säga att ni befinner er i ett stadium av pre-synd där de materiella tingen sakta men säkert blir allt viktigare. Lösningen är en förändring av rutiner, av visioner och av tro, och jag är här för att lära er. Accepterar du att jag leder dig till landet av mjölk och honung?

"Hur kommer det sig? Jag förstår inte. (Diana Kollins)

"Det är enkelt. Så som du möter livet kommer du aldrig att uppnå fullständig lycka. Det är nödvändigt att sätta var sak på sin plats och prioritera kärleken till Gud i första hand, för det är detta som är underförstått i det första budet som gavs till Mose. (Siaren)

" Jag förstår det. I själva verket har jag varit fruktansvärt upptagen med mina angelägenheter och det slutade med att jag glömde bort mina relationer med det Gudomliga. (Diana Kollins)

"Okej. När som helst kan denna bomb explodera och skada din framtid. Lika bra att du tog emot mig och att Gud kommer att uppenbara sig för dig genom att följa de rätta stegen. (Guds son)

"Tack för ert stöd. Jag är redo. (Diana)

" Väldigt bra. Låt oss fortsätta måltiden. (Siaren)

Med detta sagt återvände Aldivan till sin plats och fortsatte att äta. De andra gjorde likadant. Tystnad rådde till slutet av måltiden. Efteråt betalar de för lunchen, lämnar platsen och vägledd av Diana börjar de gå in i bergets skogar för att utforska.

"De följer en central stig och börjar gå bort från restaurangen och det de ser är underbart: Omgivna av en majestätisk och högdragen terräng, där i ett grönt kluster med många växt- och djurarter som tillhör de atlantiska skogarna, ett område som redan håller på att utrotas på grund av mänsklig verksamhet. Den platsen var en av de få i staten som stod under miljöskydd.

För varje steg de tar upptäcker de en värld som aldrig tidigare skådats. Vid det laget var de helt uppslukade av sina mål och det fascinerande landskapet var ytterligare en attraktiv promenad.

De vandrar i ungefär en halvtimme inne i skogen och på allas uppmaning beger de sig mot sjön. Medan vissa dricker det klara vattnet, observerar andra bara lugnet i vattnet. Driven av Jahves ande tar Guds son tillfället i akt att undervisa.

"Mina vänner, ser ni all denna natur? Den gjordes av min far, och varje sak har sin roll i en cyklisk rörelse. Han vill att mänskligheten ska vara så här och återfå den barmhärtighet han har framför sig. Det som hindrar den är synden, denna ondska som följer människan sedan skapelsen. Kristus har offrat sig själv för oss, men om vi inte gör vår del kommer hans ansträngningar att vara förgäves. Därför är det nödvändigt att hänge sig åt de goda gärningarna och överge de attraktioner som världen erbjuder, vilka inte är få: Pornografi, högmod, falskhet, girighet, rikedom, illvilja, våld, stöld, höga befälspositioner, makt, intolerans och världens största ondska fördomar. Jag vädjar nu till alla människor, representerade av er som följer mig. Låt oss tillsammans vara mer humana och verkligen älska varandra. Jag garanterar att om ni gör det kommer världen äntligen att uppnå fred.

"Jag har levt djupt i kriminalitet i åratal och betalar verkligen inte. Våld föder våld, och mina lojala vänner är ni som tror på mig. (Manoel Pereira)

"Vad bra du har vaknat i tid. (Siaren)

"Det är jag skyldig er förlåtelse. (Manoel Pereira)

"Du är inte skyldig mig någonting. Nu återstår bara att förlåta dig själv och fortsätta med ditt liv. (Siaren)

" Det hoppas jag kunna göra. (Manoel)

"Förlåtelse? Det är ett så starkt ord, och jag vet inte hur jag ska kunna utöva det med någon som orsakat mig så mycket skada. (Raphaelle Ferreira)

"Så länge hätskheten finns kvar i ditt hjärta, kommer ditt sinne och dina ögon att ha förbundna ögon. Du kommer inte att utvecklas andligen, och du kommer att få betala för dina synder. Ty ont betalas med ont, och den som inte förlåter förtjänar inte att bli förlåten. (Siaren)

"Jag vet det. Men det är så svårt. Vad ska jag göra? (Raphaelle)

"Att be om att få glömma är omöjligt, för ditt sinne är mänskligt och svagt. Det är dock möjligt att befria personen från din ilska och med tiden omorganisera saker och ting. Vi måste förstå att livet är tillfälligt, och att det inte är värt besväret att fortsätta med något som skadar oss, och detta gäller alla. (Guds son)

" Väldigt bra. Tack. (Raphaelle)

" Inte alls. (Siaren)

"Mitt fall är som Raphaelle, men samtidigt känner jag ilska för våldtäktsmannen, jag skäms mer över min familj som övergav mig när jag behövde det som mest. Hur läker man denna smärta, mästare? (Bernadette Sousa)

"Jag har också känt den smärtan. Jag höll på att bli övergiven av världen. Vad gjorde jag? Med min fars hjälp höll jag huvudet högt och fortsatte med mitt liv. Vet du, Bernadette, för min far är mänskligheten en familj, och han är beredd att rädda alla. Avvisandena från era släktingar måste tjäna som en läxa, för det visar vem som verkligen älskar er. Och svaret är här: Jag är din vän, och på min fars befallning närmade jag mig dig för att visa min djupa kärlek. Jag bryr mig inte om ifall världen har fördömt dig, jag vill ha dig vid min sida och i mitt rike. Världen känner dig inte, men jag kan se i ditt hjärta, vilket är bra och för det gav jag dig en chans. (Guds son)

" Jag vet inte vad jag ska säga. Tack för att du finns. (Känslomässigt stammar hon)

Siaren blir också känslosam, för han visste precis hur hans tjänare kände sig. Det skulle krävas en heroisk insats för att läka de öppna sår som orsakats av okänsliga människor. Människor som inte kände hans far, för de visste inte hur de skulle förstå de andras skäl, och de hade inte heller förmågan att älska. Lika bra att hon inte gav upp livet.

Med utsträckta armar går han fram och ger henne en varm kram. Trots sin fysiska bräcklighet kände sig Bernadette som om hon var i pappans armar och inget annat spelade någon roll. Hon skulle önska att det här ögonblicket skulle vara för evigt.

När han kände att hon var lugnare flyttade han sig därifrån och då kunde dialogen återupptas:

"Jag älskar dig villkorslöst och om det finns någon att tacka så är det min far för att han har skapat mig och sänt mig en andra gång till den här världen. Han tyckte synd om folket. (Aldivan)

"Okej. (Bernadette Sousa)

"Jag levde länge i den materiella synden. Törsten efter makt och lyx upptog all min tid, och jag kunde inte tänka på något annat. Trots att jag var medveten om mina brott och fortsatte att göra dem oavbrutet och många gånger frågade jag mig själv vart allt detta ledde mig. Detta orsakade många viktiga existentiella kriser, men jag hade helt enkelt ingen mark under fötterna. Allteftersom tiden gick kom människor bara till mig för sin egen skull och förlorade viktiga vänner på grund av det liv jag levde. Jag var inte längre den gladlynte och jovialiske Osmar. Jag var bara en marionett för mörkrets krafter. Detta resulterade i flera rättsliga processer, där man använde sig av kända advokater och därmed förlorade de offentliga funktionerna. Om det inte vore för de besparingar jag gjort under hela mitt liv hade min situation kunnat vara värre. Men jag klagar inte. Jag fick precis vad jag förtjänade, vilket rättfärdigar maximen "du skördar vad du sår". Från den stund då jag förlorade min tjänst blev jag en enstöring i mitt hem med mina tjänare. Och livet fortsatte tills jag träffade dig och förändrade mitt fattiga liv. Idag känner jag mig frälst och törstar efter nya äventyr. Tack, Guds son, min idol. (Osmar)

"Jag känner till den historien mycket väl. Sedan vårt första möte 2007 kände jag att jag stod inför någon som var mycket behövande. Vid den tiden kunde jag inte hjälpa dig eftersom min tid ännu inte hade kommit. Men nu, genom ödets och faderns verk, återförenas vi i olika situationer. Förut var jag underordnad, och idag är jag herre, ett tecken på att Gud har gjort underbara saker i mitt liv. För allt jag har levt garanterar jag att dina chanser är goda. För första gången är ni mer rationella, frukten av vårt arbete. Och om du tillåter mig, kan jag lysa upp din själ ännu mer, för i mig finns ingen ondska. Tror du på det? (Guds son)

" Ja, det är det. Jag tror på den ödmjuke unge man som sökte upp mig i början av februari 2007 och ännu mer på den man han blev. Jag vill alltid vara nära dig. (Osmar)

"Jag kommer alltid att vara med er även om jag inte är fysiskt närvarande, och detta gäller alla troende människor. (Guds son)

"Amen. (Osmar)

"Min vetenskap är exakt, beräknad, rak och direkt. Med mina instrument och min kunskap har jag avslöjat många viktiga hemligheter. Trots det kom jag aldrig fram till någon slutsats om Gud eller mig själv. Hur kan det komma sig? Känner du till världen och har uppenbara tvivel? (Robson Moura)

"Oavsett hur mycket vetenskapen går framåt på jorden kommer det inte att vara möjligt att upptäcka sanningen. Varför envisas ni vetenskapsmän med att vara så logiska? Min far skapade och förändrar ständigt universum och det är bara han som är början, mitten och slutet. Det faller på människan att dra sig tillbaka till sina begränsningar och ge sig hän åt sina krafter. Jag garanterar att de som gör det inte kommer att bli förvirrade. (Aldivan)

"Jag förstår och upptäcker lite i taget tillsammans med er hur stor och underbar den här fadern är. Tack för möjligheten. (Robson)

"Utmärkt. Jag kommer fortfarande att övertyga dig fullständigt. (Siaren)

"Jag tror på det. Du är unik. (Robson)

"Det här är min partner!" utbrast Renato.

"Tack, min vän. (Siaren)

"Min situation är som Robsons. Vi, evolutionister, är mycket teoretiska, vilket distanserar oss från tron. Du vet, siare, mitt liv vändes upp och ner när jag inte trodde på mitt arbete och strax därefter träffade dig. Du ger mig hopp. (Lídio Flores)

"Jag kom in i ditt liv i rätt ögonblick. Nu kommer jag att förvandla dig till en pånyttfödd fågel Fenix, och du kommer att vara säker på din väg. Det räcker med att ge tid till tid. (Aldivan)

"Jag är redo. (Robson)

"Jag älskar dig som en far, bror och vän. Mitt liv är inte sig likt. Jag tror att vi kommer att nå fram till kunskapen och sanningen. De kommer att släppa mig, sade Diana på felfri engelska.

"Ja, min kära. Det är vad jag har för avsikt att göra. Från min sida är jag alltid tillgänglig" Återgäldade siaren också på samma språk.

Alla skrattar, och vissa förstår inte. Det engelska språket var fortfarande ett hinder som skulle övervinnas av våra uppskattade personligheter. Men allt var värt besväret på det lilla, underbara berget där de befann sig. Caruaru och dess lantliga förtrollningar. Efter en kort paus fortsätter samtalet.

"Jag är en del av en värld full av ljus, rättvisa och värdighet. Jag är befälhavare för många himmelska miliser som kan rädda miljontals människor. Men du överraskar mig hela tiden, Aldivan Torres, och jag är övertygad om din roll att balansera de två världarna. Tack för att ni tillåter vår aktion. (Rafael)

"Det är jag som måste tacka dig. Med din styrka känner jag mig skyddad från djävulens klor. Jag är en sten i hans sko, och jag vet att han kommer att resa sig mot mig så småningom. (Aldivan)

"Var inte rädd. I mig kommer du inte att bli förvirrad" Garanterat Raphael.

" Inte i mig heller. Jag skapades tillsammans med er, i tidernas begynnelse, och kommer aldrig att överge er. Jag existerar inte utan dig. (Uriel Ikiriri)

"O, min store Uriel, tappre krigare. Jag uppskattar era ord och jag återgäldar dem. Jag vet att jag kan lita på dig för vad som helst. Beskydda mig från min budbärare! (Aldivan)

"Ja, men du kan inte nämna det namnet eftersom... (Uriel)

Uriel slutade inte prata. Genast närmar sig ett mörkt moln med en enorm hastighet och ställer sig framför dem. Inifrån molnet framträder en vacker ängel med svarta vingar, välbyggd, god resning, rynkiga drag, starka och långa ben, klädd i regalier, bröstkorg täckt av en stålsköld och samma ansikte som Uriel. Han närmar sig gruppen på några sekunder och med en enkel beröring med handen för han bort människorna. Det är bara Aldivan, Uriel och Raphael som befinner sig i en magisk cirkel som skyddas av ett kraftfält som inte tillåter de andra att se eller höra.

Budbäraren vid namn Rielu, tvillingbror till Uriel, vänder sig mot alla och kommer nära och börjar agera.

"Aldivan, min människa, varför har du glömt mig?

"Jag har avvikit från er värld av spontan fri vilja, så ni har ingen anledning att kritisera mig. (Aldivan)

"Detta, demon, det var hans val" Förstärkt Uriel

"Jag vet, men jag är inte nöjd. Visste du att allt skulle bli mycket enklare om du avstod från detta absurda uppdrag? Min herre och jag skulle behandla dig bättre, och du skulle redan nå framgång. (Rielu)

"Kommer det att bli så? Vad skulle jag vinna? Framgång lönar sig inte om den inte uppnås på ett värdigt sätt. Jag föredrar hur det är. Jag går till jobbet dag efter dag, timme efter timme, för min gåva. Vid rätt tidpunkt kommer Gud att öppna dörrarna för mig. (Aldivan)

"Guds tid skiljer sig från människornas. (Kompletterade Rafael)

"Gud? Vilken Gud? Talar du om den varelse som har fördömt mig och mina bröder? Vad är det för Gud som är lycklig i andras elände? (Rielu)

"Var tyst! Du känner inte Gud. Jag kan tala eftersom jag kom från honom och kan garantera att han inte var nöjd med det som har hänt. Skyll inte på min far för dina handlingar. De onda änglarna betalade bara det rätta priset för sina synder. (Svarade Aldivan)

Lucifer och hans efterföljare förstörde nästan universums harmoni, och känner de sig illa behandlade? Skona mig från dina anklagelser, demon. (Rafael)

" Det finns två sidor av saken. Vi massakrerades av majoriteten, men när tiden kommer till slut kommer vi att få en andra chans. Lucifer var den ende som vågade sig på de andra ärkeänglarnas tyranni, och för det beundrar jag honom. Nu vill vi ha Guds Son på vår sida. Kom till oss, Aldivan. (Rielu)

"Inte i dina drömmar. Jag skulle aldrig förråda min far, för jag är en del av honom. Jag behöver dig inte för någonting. Jag kommer att fortsätta att gå framåt, och jag vill undvika att ha dig vid min sida. Min mörka sida dog i den ödesdigra öknen. (Aldivan)

"Ack, åh, åh, dåre! Ingen människa kan upphäva sin negativa kraft. Vid den tidpunkt ni minst anar kommer vi att attackera igen, och vi kommer att sätta er i motsättning. (Rielu)

"Det är vad du tror. (Aldivan)

"Du känner inte riktigt till Aldivan och Guds planer. När Jahve agerar, blir det omöjliga möjligt. Ge upp demonen! Du kommer aldrig att nå ditt mål! (Skrek Uriel)

"Då har jag inget annat val än att förgöra honom! (Rielu)

Rielu agerar snabbt. Den destruktiva mardrömmen drar fram sitt mystiska svärd under stålmanteln och avancerar snabbt mot Aldivan. Den korta sträckan avverkas snabbt. Han tar av sig svärdet, förbereder slaget och... Himlens muller! Vad kunde ha hänt med vår älskade Guds son?

Skräckslagen kastar han sig på marken och väntar på det värsta. Vad kunde han göra mot en demon? Men när han öppnar ögonen ser han att ingenting har hänt. Ovanför honom svävar Uriel och Rafael. Den förste tog svärdet ifrån honom vid rätt tillfälle, och den andre grep tag i demonen bakifrån och gjorde honom orörlig. En stund senare kastade de bort svärdet och Rafael passade på att gömma motståndaren. Efter att ha fått ta emot flera slag bad demonen för sitt liv, och Aldivan tyckte synd om honom. I sin vänlighet gjorde han en signal till ärkeängeln, mot hans vilja, lydde. Han kastade demonen nästan intakt tillbaka in i mörkret. Efteråt blåste han, och de mörka molnen försvann helt. Faran var över.

Vem var egentligen Aldivan Torres? Vilket mysterium dolde sig bakom en man som kunde tycka synd om demoner? Det lilla vi visste om honom var att han är en kämpande pojke, enkel, utanför de sociala konventionerna, mänsklig, ödmjuk och faktiskt kapabel att älska sin nästa precis som han älskar sig själv som Bibeln befaller.

För allt han har gått igenom och för de utmaningar han fortfarande skulle möta framför sig, var han en vinnare för sin attityd i livet. Ett liv som inte var lätt: Han möter fattigdom, familjens och andras brist på förståelse, misslyckanden, rädslan för att bli avvisad och när han till slut vaknade upp blev den avvisad flera gånger. Han skämdes inte för det. Åtminstone älskade han det som många är oförmögna att göra, och även om han inte blev förstådd skulle han göra det. Framgången väntade honom sannerligen.

Det nuvarande äventyret, som började på en plats i Pernambucos vildmark, har redan passerat genom sju kommuner som samlar trogna för hans arbete. Han hade ansvaret för att besvara deras avgörande frågor.

Medveten om ansvaret, gör han en signal till änglarna. Cirkeln bryts och sedan kan de träffa sina vänner igen. Känslosamma och oroliga springer de mot honom. När de träffas utbyts hälsningar och en kram till var och en. Som tur är har ingenting hänt.

"Aldivan, är ni alla, eller hur? (Raphaelle Ferreira)

" Ja, det är det. Tack för din omtanke. (Aldivan)

"Nämn det inte. Du har redan gjort underbara saker för mig, och det är det minst förväntade av oss. (Observerade Raphaelle)

"Okej. (Aldivan)

"Vad var det stora mörka molnet? (Bernadette Sousa)

"En ond manifestation mot oss. Som tur var skyddades jag av mina ärkeänglar. (Aldivan)

" Lika bra. Jag skulle inte stå ut om något skulle hända dig. (Bernadette Sousa)

"Åh, vackert! Det är vid tillfällen som dessa som jag uppskattar mitt engagemang för era frågor. Kommer du ihåg när vi hoppade hage och poliser och rånare? Inte ens om jag förlorade skulle det hända mig, för min pappa har skyddat mig sedan jag var barn. (Aldivan)

" Ja, det kommer jag ihåg. Ert skydd är verkligen fantastiskt. Välsignad vare Jahve! (Bernadette)

"Amen. (Aldivan)

"Varför uteslöts jag från den här striden? Jag förstår inte. (Renato)

"Gud skonade dig, min vän. Min budbärare är en övertygande varelse som kan skada dig. Vi ville undvika att ta den risken. (Förklarade Aldivan)

"Om jag var med dig skulle jag ha gett en bra moralisk lektion till denna motbjudande varelse. Vem vågar utmana Guds son? (Renato)

"Demonens kännetecken är att vara arrogant. De tror att de äger universum. (Aldivan)

"Det skulle vara obetänksamt av dig att utmana en demon, unge Renato. Lämna det till oss, som har attribut för det. (Uriel Ikiriri)

"Ni gör redan mycket för oss. Dina många tjänster och kunskaper behövs kontinuerligt. (Rafael)

"Ok, mycket bra. Men jag vill delta i nästa strid. (Renato)

"Om så är skrivet, så kommer det att bli", säger siaren.

"Jag är hungrig. Kan vi återvända till restaurangen? (Manoel Pereira)

"Det går att göra. Klockan är halv elva. Håller ni med, killar? (Siaren)

" Ja, det är det. (De andra helt och hållet)

"Låt oss gå då! (Rafael)

På ärkeängelns befallning börjar de vägen tillbaka och kryper genom skogen. När de rörde sig bort från sjön pumpade adrenalinet i alla. Vad väntade dem? På den tiden kunde vad som helst hända, vilket placerade uppdraget i gränserna för det förbättrade och oväntade, och det var just det som gav en speciell smak till äventyret. Att söka efter "Jag är", det dolda ansiktet hos var och en som vågade sig på samhällets tro.

Vandringen är ganska svår: De möter det naturliga slitaget på kropparna, branterna, stenarna, farliga taggarna, smala stigar, den konstanta värmen och luften med låg luftfuktighet på grund av den långvariga torkan i regionen. Sedan 2012 hade klimatet förändrats på ett sådant sätt att bristen på vatten i den norra delen av landet var gripande, och prognosen var inte god. Det föll på invånarna att anpassa sig till den nya verkligheten och försöka överleva.

Halvvägs överraskas de av att en orm dyker upp i närheten och med hjälp av ärkeänglarna lyckas de få bort den. Lika bra att det värsta inte hände. Ett ormbett på någon av dem skulle vara skrämmande eftersom det inte fanns någon transport tillgänglig för att ta dem till sjukhus. Det finns verkligen superbeskyddad av Jahve!

Från det till slutet har inget anmärkningsvärt hänt. De återvänder till restaurangen, de sätter sig ner vid tomma bord, studerar menyn och beställer.

Stället var välbesökt, och de måste vänta en stund på att bli betjänade.

Ungefär trettio minuter senare serveras de äntligen. Medan de äter pratar de om sina planer och det nuvarande äventyret och sina liv. Allt är väldigt fridfullt, och de tar tillfället i akt att förbättra sammanhållningen i teamet, som hade varit tillsammans ett bra tag. I varje ögonblick som gick fann de likheter och olikheter i sig som gjorde dem till en unik grupp, bildad av personer som marginaliserats av det så kallade värdiga samhället.

Under måltiden ligger fokus på Aldivan, har lovat att förstå dem och förändra deras liv till det bättre. Kommer han att kunna göra det? Det var vad alla ville ta reda på.

När lunchen är över betalar de notan, säger adjö till de som är i närheten, lämnar stället och ringer taxichaufförerna som har lämnat dem där. De väntar en stund till. När chaufförerna kommer sätter de sig i bilarna och åker in mot stan cirka en mil därifrån. En ny berättelse var redo att upptäckas, och den inkluderade alla.

Ställda inför den vanskliga lerväggen går de nedför berget fast beslutna att fortsätta, det vill säga att stanna kvar i sökandet efter kunskap som de föresatt sig att göra i början. Detta beslut hamrade hela tiden i deras huvuden, Dianas, som var en person full av ansvar på jobbet och hemma. Men hon var helt engagerad.

Vad siaren beträffar, kommer han nedför berget lättad över att ha besegrat ytterligare en tjänare som var viktig för kontinuiteten i hans evangelisations- och medvetenhetsarbete. Himlen var gränsen, och det största målet var att erövra hela världen, något svårt men möjligt. Det var skrivet!

Efter att ha färdats tre fjärdedelar av sträckan finns det ett litet problem med ett av bilens däck. Passagerarna och förarna kommer ut ur fordonen. De som vet något om mekaniker engagerar sig i att lösa problemet så snabbt som möjligt. Under denna tid passar de andra på att ta en drink och beundra det lokala landskapet, som var som balsam för ögonen. De befann sig nära huvudstaden i Pernambucos inland, Caruaru, som med sin terräng, klimat och människor hade imponerat på besökarna. En plats, i detta enorma Brasilien, som förtjänar att besökas.

Problemet lösts, de återvänder till bilarna och färden fortsätter. Framåt alltid! De slutför rutten på grusvägen, tar en asfalterad väg som redan ligger innanför stadens omkrets. När de reser under rusningstid möter de svårigheter och avancerar långsamt. Vid det här laget dominerar nervositet och förväntningar även för de mer erfarna. Vad skulle hända?

Lite oroliga för framtiden passerar de genom viktiga stadsdelar, anländer till centrum och därifrån till sin destination. Det var inte mycket som återstod för att nå nästa steg i äventyret.

Från centrum till Alto da Moura tar det cirka tjugofem minuter, mellan korsningar, sicksack, kullar och imponerande manövrar för att undvika hål i asfalten. Men allt var värt besväret, sökandet efter självkännedom och en stor dröm. Framåt, krigare!

När de kommer fram till Dianas bostad stiger de av, betalar biljetten och säger adjö till taxichaufförerna. De kommer fram till dörren, värden tar upp en nyckel ur sin väska och provar den på låset. Den öppnas för första gången, och de går in.

När den sista går igenom är dörren låst. De går till loungen, det första rummet i huset. Det första de ser är Ricardo Feitosa, som sitter på en stol och otåligt vrider sig. Avsiktligt stannade han kvar efter lunchrasten och väntade på sin fru. Hans avsikter var uppenbara och visade sig på ett farligt sätt.

När han ser dem komma in, ställer han sig upp och säger:

" Diana, min hustru, så länge! Och din vän, vad har du gjort med henne?

"Ingenting har hänt, älskling. Jag visade dem bara några viktiga saker. (Diana)

"Håll den. Vi rörde inte din fru. Vårt mål med henne är bara förening och vänskap. (Förstärk siaren)

"Okej. (Ricardo)

"Herr Ricardo, vi har kommit för att tala med er. Din fru måste resa med oss, en snabb resa, men viktig. Förstår du? (Rafael)

"Vad är målet? (Ricardo)

"Vi är en utmärkt grupp som söker ödet, och Diana är nu en del av det. Vi behöver henne för att öka vår kunskap och för att hon själv ska ta reda på vad hon går miste om. (Förklarade Rafael)

"Är du inte nöjd med livet, kära du? (Ricardo)

" Mer eller mindre. Ni känner mig, älskling, jag är en eldsjäl och älskar nya utmaningar. De bjuder på bra stunder och jag vill följa dem till slutet, även om det ser ut som galenskap. Men vår kärlek består.

Jag behöver bara lite tid för att hitta mig själv och hoppas att du förstår det. (Diana)

Ricardo funderade en stund och väntade sig redan denna reaktion från Diana. Faktum är att deras liv på senare tid har präglats av monotoni och för melankolin och en paus skulle vara en utmärkt lösning för båda, även om det är mycket smärtsamt. Med ett tecken på uppgivenhet, säger han.

" Väldigt bra. Vi är gifta, men jag tänker inte lägga mig i din individualitet. Var lugn. Jag väntar ivrigt på din återkomst.

"Tack. Jag älskar dig. (Diana)

"Jag också. (Ricardo)

De går fram till varandra, omfamnar varandra och kysser varandra, vilket orsakar en dånande applåd. En stund senare skiljs de åt, Ricardo går tillbaka till jobbet och Diana går till sitt rum för att packa sina väskor. Där bad hon kvinnorna att hjälpa henne, och de ställde sig gärna till förfogande. De valde personliga föremål av första nödvändighet, bland annat: kläder, accessoarer, personliga artiklar och hygienartiklar, böcker, juveler, skor och andra föremål som placeras i två resväskor storlek GG. Som kvinnor överdriver de och är perfektionister!

När resväskorna är klara ringer de efter två taxibilar och väntar en stund. Det tog ungefär tjugo minuter innan de hörde tutandet utanför, lämnade huset och låste dörren bakom sig.

Efter att ha lagt väskorna i bagageutrymmet och satt sig i bilarna åker de mot hotellet, som låg i ett av stadens huvudområden. Vad som nu var nödvändigt var att ta hand om alla krav för att resa fredligt till nästa stad.

Det skulle dröja ytterligare trettio minuter genom stadens gator, och när de går vidare tar de farväl av den plats som blev speciell i vars och ens liv. De skulle aldrig glömma det på länge.

Caruaru, förutom att vara en ekonomisk och kulturell pol, var det en genuint trevlig stad med människors glädje som stack ut. Från livsmedelshandlaren till bagaren, kyrkoherden och till och med affärsmannen. Trots sina olikheter var de jämlika i vänlighet och i sitt mål, för de sökte alla framgång och lycka. Alla de som arbetar för det utan att bryta mot reglerna och Guds bud förtjänar det verkligen.

Det var precis vad som hände med gruppen i fråga, syndare som sökte svar ledda av en visionär, och två underbara ärkeänglar drivna av Jahve, som kunde inse det omöjliga. Det var precis vad de behövde: Ett stort mirakel som skulle göra det möjligt för "Jag är" att växa fram utan masker, fördomar eller intolerans. Det var nödvändigt att ha tro.

Beväpnade med den styrkan fullbordar de resan på beräknad tid. De kliver ur bilarna, betalar biljetten, säger adjö och beger sig till ingången till Palace Hotell. Med några få steg tar de sig till receptionen, hälsar på presenterna och går upp på övervåningen för att packa resväskorna, ta ett bad, är de fysiologiska nödvändigheter och vila?

En timme senare samlas de igen i receptionen, betalar notan och går. Hyr samma taxibilar, som anländer några minuter senare. Mot ödet, nästa anhalt! Låt oss fortsätta tillsammans, läsare.

Från hotellet till busstationen var det en kort sträcka, som täcktes på rimlig tid. När de kommer dit kliver de av fordonen, betalar för körningen och tar ett sista farväl. Mot en ny stad!

Milton Keynes UK
Ingram Content Group UK Ltd.
UKHW011818011223
433620UK00001B/39